우린 열한 살에 만났다

우린 열한 살에 만났다

옥혜숙 × 이상헌

생각의힘

차례

들어가며　6

들어가며

밤새 눈이 쏟아졌다. 마당에는 눈사태가 났다. 우리가 오랫동안 걸어왔던 길을 덮고도 남을 만큼 쌓였다. 밖으로 나가서 새로 길을 낼 엄두를 내질 못한다. 하얗게 변한 바깥세상과 거실에서 꼼짝하지 않는 우리 부부를 번갈아 보던 강아지는 어서 나가자고 성화다. 눈송이 세례를 받은 마당 쪽 창문에 제 몸을 바짝 붙이고, 우리를 다시 빤히 바라본다. 가벼운 한숨과 짧은 미소. 우리는 두툼한 외투를 꺼내 입는다.

어마어마하게 하얗다. 집 뒤쪽 산길을 헤쳐 나가기가 버겁다. 길은 흔적 없이 사라졌다. 깊이 쌓인 눈에 다리는 빠지고 호흡도 거칠어진다. 그래도 눈부시게 아름답다.

한참을 걷고 돌아보니, 저 광대한 백색 위에 우리 발걸음의 흔적이 보인다. 허우적대던 걸음, 씩씩했던 걸음, 주춤했던 걸음 그리고 들뜬 걸음. 눈더미 속에 발자국이 더해지니, 이제 눈길이 된다. 그 위로 강아지는 졸졸 따라오며 마냥 즐겁다. 눈길은 저토록 눈물겹게 찬란하다.

더 가야 하지만 잠시 멈춰 섰다. 그리고 저 발자국을 따라서 되돌아간다. 우리가 만들었던 발자국에 다시 새로운 발자국을 보탠다. 곧 지워질 눈길의 기억, 우리는 잠시 따라가보기로 한다. 더 잊기 전에.

같은 길 위의 기억은 발걸음처럼 제각각이다. 처음 만난 순간부터 지금까지, 우리가 기억하는 것의 깊이와 짙음은 다르다. 기억의 빛깔과 기억이 빚어낸 감정도 다르다. 한 사람은 기억하고 다른 한 사람은 잊기도 한다. 때로는, 한 사람의 기쁨과 상처를 다른 한 사람이 알지 못한다. 온전히 같은 기억은 없다. 길에 대한 너와 나의 기억이 있을 뿐. 그 기억을 나누는 것이 바로 길을 같이 걷는 일이겠다.

돌아가보아야, 온 길을 안다. 그래서 우리는 돌아가보고, 이렇게 적어두려 한다. 따로 적으면서 같이 적었다. 같은 길 위에서 빚어낸 너와 나의 기억, 우리의 기억.

언제부터였을까.

1장 그때는 어렸지만

우린 열한 살에 만났다.

그 남자아이

부산 항구 뒤편으로 몰래 숨바꼭질하듯 자리 잡은 봉래초등학교. 우린 거기서 만났다. 만났다기보다는, 거기 있었는데 우연히 마주쳤다. 나의 아버지는 외항선원, 그 아이의 아버지는 동네 경찰이었다. 이렇게 생계로 이어진 동네에 초등학교는 그곳뿐이었다. 아이들도 얼마나 많았는지, 학교로 가는 좁고 휘어진 골목, 먼지 풀풀 날리는 운동장, 마루바닥이 쉼 없이 삐걱대는 교실은 늘 인산인해였다. 그 많고 많은 아이들 중에 우리는 하필 그 나이에, 같은 반에 배정되었다. 5학년 8반.

먼지 탓인지 소음 탓인지 모르겠다. 첫 기억이 분명치 않다. 그 아이는 분명 거기에 있었는데, 내 눈에 쏙 들어온 것은 언제인지 모르겠다. 불치병 같은 망각 때문일 수도 있겠으나, 나는 이런 일생일대의 기억을 망각의 노예로 만들고 싶지 않다. 그래서 내 기억은 이렇다. 그 아이는 작은 걸음으로 매일 조금씩 내게 온 것이다. 낮게 밀려오는 바닷물처럼, 팔짝거리며 고무줄을 뛰어넘듯이, 어느 순간 그 아이가 내 앞에 서 있었던 것이다.

아무리 어려도, 무의식이 깨어나는 순간이 있다. 담

임 선생은 거칠고도 유별났다. 그 당시 여느 선생처럼 뺨을 때리고 몽둥이를 휘둘렀다. 이런 가학적인 사람이라면 '남녀유별'을 따질 법한데, 남녀가 책상을 같이 쓰게 하는 것을 유별나게 좋아했다. 틈만 나면, 가방을 싸라고 한 다음에 아이들의 자리를 새로 배치했다. 그러던 어느 날, 담임 선생은 '독재적' 자리배치 종언을 고하고 '민주주의의 도래'를 선언했다. 같이 앉고 싶은 아이의 이름을 쪽지에 적어서 내라고 했다. 나는 의아해하면서도 쉽게 이름을 써냈다. 아내의 이름을 처음으로 쓴 순간이었다.

머리가 크고 뒷날 알게 된 일이지만, 직접 쟁취하지 않은 민주주의는 의심해야 한다. 담임 선생은 쪽지를 전부 거두어서 살펴본 뒤에, 자기 마음대로 자리를 배치했다. 원하는 짝과 앉은 사람은 없었다. 아이들은 두들겨 맞을까 봐 볼멘소리도 내지 못했다. 그때 선생은 나를 따로 불러내서, 예쁘게 접힌 쪽지를 보여주었다. 거기에 내 이름이 적혀 있었다. 내가 쪽지에 적은 아이가 적은 것이라면서 담임은 낄낄거리며 웃었다. 내 볼은 발그레해졌다. 도저히 같이 앉을 용기는 없었으니, 담임의 '독재'가 고마울 지경이었다.

사람이 온다는 것을 그때 알았다.

그 여자아이

그 아이가 내 맘속에 들어온 것은 그의 눈빛 때문이다. 열한 살 나이에 걸맞지 않게 날카로운데 믿음직스럽고 어딘가 벌써 철든 애어른 같았던 눈빛. 아무튼 장난기 가득한 또래의 여느 남자아이들과는 달랐다.

처음 느껴보는 좋아한다는 감정은 그런 거였나 보다. 실제로 학교에서 보고 있으면 왠지 어색해서 말도 한마디 못 붙이는데, 집에 돌아오면 그의 일상이 몹시 궁금했다. 나도 함께 모든 것을 공유하고 싶은 느낌.

그 당시 우리 집은 학교에서 큰길을 건너 시장통을 거슬러 수백 개의 계단을 올라가면 다닥다닥 병풍처럼 펼쳐졌던 옥색의 서민 아파트였다. 그 아이의 집은 학교 근처였다. 우리가 아파트로 이사 오기 전에 살던 셋집과 주말마다 엄마 손에 이끌려 가던 목욕탕 그리고 하굣길 단골 분식집의 딱 중간에 있었다. 공부를 잘하던 그 아이는 집 근처에서 그룹 과외를 다녔는데, 우리 집에서는 멀었다. 나도 보내달라고 했다가 엄마에게 보기 좋게 거절당했다.

그렇게 애만 태우다가 결정적으로 내 마음을 보여줄 기회가 생겼다. 담임 선생님이 원하는 사람의 이름을 쪽지에 적어내면 짝을 시켜준다고 했다. 그러나 담임은 우리의 뒤통수를 치고 말았다.

　나는 분명히 그의 이름을 또박또박 적어냈는데 왜 내 짝은 우리 반 일등 코흘리개가 된 것인지 알 수가 없다.

그 남자아이

그러나 그뿐이었다. 책상을 나눌 기회도 없었고, 따로 얘기할 기회도 없었다. 각각 반장과 부반장의 자격으로 학생 회의에 나란히 참석했던 것이 거리상으로 가장 가까웠을까. 누구는 누굴 좋아한다는, 얼레리 꼴레리 하는 소문만 무수히 들었다. 나와 그 아이의 소문인데 남의 일처럼 들렸다.

그저 멀리서 바라보는 사이였기 때문이다. 그렇게 1년은 가버렸다.

그 여자아이

돌이켜보면 그때 함께 과외를 하지 못한 것이 어쩌면 다행이다 싶었다. 같이 공부하다가 내 성적에 만정이 떨어졌으면 어땠을까 하고 생각하면 아찔하니까. 그렇게 애만 태우다가 1년이 지나고 6학년이 되면서 우리는 그만 반이 갈렸다.

나의 5학년은 그 아이의 눈빛만 가슴에 남기고 그렇게 지나갔다.

그 남자아이

6학년 때는 다른 반으로 배정되었다. 그 아이는 같은 층에서 교실 서너 개만 지나가면 볼 수 있는 거리에 있었지만, 마음의 거리는 멀고도 멀었다. 근처에 갈 엄두도 나지 않았다. 6학년 담임은 남녀를 따로 앉혔다. 그렇게 하고도 여자 한 명, 남자 한 명이 남게 되자, 나더러 내 키 두 배는 될 법한 껄다리 여자아이 옆에 앉으라고 했다. 낯설고도 섭섭했다. 첫 여자 짝지인데, 그 아이가 아니었기 때문이다.

찾지 못했지만, 서성대었다. 보이지 않았다. 복도는 너무 복잡했고 우리는 모두 새까만 옷을 입고 있었다. 졸업하는 날이었나 보다. 무슨 이유인지 모르겠으나, 그 아이가 우리 교실로 심부름을 왔다. 담임 선생 앞에 빛나게 서 있었던 그 아이를 제대로 보진 못했다. 바로 앞에 있는데도, 굳이 고개를 돌린 뒤 비스듬하게 그리고 몰래 보았다. 내가 보고 있다는 것을 들키고 싶지 않았을까. 아니면 그저 부끄러웠을까. 어느 쪽이든, 어리석었다.

그게 그 아이를 본 마지막이었다.

그 여자아이

학교 건물 복도는 골마루로 되어 있었고 우리는 정기적으로 양초와 걸레를 가져와서 고사리손으로 반질반질 바닥옷을 입혔다. 그러고는 선생님 몰래 나무 계단 위에 앉아 아래까지 퉁퉁 엉덩이 미끄럼을 타며 놀기도 했다. 그럴 때마다 아이들 사이를 기웃거렸지만 그가 내 눈에 띄는 일은 별로 없었고, 어쩌다 담임의 심부름으로 그의 반에 가는 날이면 설레고 긴장되었다. 분명히 나를 볼 텐데, 그때 예쁘게 보이고 싶은 마음 때문이었다. 그러던 사이 초등학교를 졸업했다. 서로 만나지 못했던 중고등학교 6년간 나는 그와 짝이 되지 못해 아쉬워했다.

늘 간직하고 기억해보던 그윽한 그의 눈빛이 내 속에서 더 깊어져 버렸다.

남학생

졸업 후에는 소문 속에서 살았다. 나는 집 뒷산 꼭대기에 있는 중학교를 다니게 되었는데, 그 아이는 산 아래에 있는 중학교에 다닌다는 소문을 들었다. 나는 산 아래에서 등산하듯이 산 위로 바짝 올라서 학교를 다녔고, 소문이 맞다면 그 아이는 산 오른쪽 중턱에서 왼쪽으로 횡단해서 학교를 다녔다. 상하 운동과 좌우 운동이 만나는 '기적적' 확률이 곧 내가 그 아이를 우연히 볼 가능성이었다. 달리 기적이라고 했을까. 한 번도 보지 못했다. 그렇게 두리번거리다가 중학교 3년이 갔다. 그 아이가 진작 다른 동네로 이사 갔다는 것은 알지 못하고, 어쩌면 이제 나는 그 아이를 알아볼 수도 없을 거라는 걱정만 했다.

만날 수 없었던 그 아이는 내 마음속을 오갔다.

여학생

중학교에 갔다. 내가 다니던 여중을 가려면, 소문에 그가 배정받았다고 하는 남중의 아랫길을 지나야 했다. 바로 정문 앞은 아니지만 등하굣길에 혹시라도 마주치고 싶었다. 그렇게 다시 본다고 해서 뭐 말이라도 한마디 걸어보지도 못했겠지만, 그래도 혹시나 하는 마음에 말이다. 다 같은 검정 교복에 모자까지 쓰고 있던 고만고만한 남자애들이 떼로 몰려다니는 사이로 그런 영화 같은 일은 일어나지 않았다. 나는 2학년까지 마치고 다른 동네로 이사를 가게 되었다. 이젠 우연히라도 그를 만날 가능성이 거의 없어진 것이다.

내 맘도 모르고 새집으로 이사 간다고 들뜨신 부모님이 야속하기만 했다.

남학생

고등학교는 버스를 타고 가야 닿을 수 있는 곳에 있었다. 우연히 볼 기적적 확률은 이제 0에 가까웠다. 게다가 전쟁터 같은 학교생활이었다. 아침 7시에 학교에 가서 밤 10시에 집에 왔다. 3학년 때는 새벽 1~2시가 되어서야 방에 누울 수 있었다. 그래도 가끔 그 아이가 생각났다. 쉬는 시간에 몰래 가방에 숨겨둔 소설책을 꺼내 읽으면서 생각했고, 교실 분위기가 뭐가 날아올지도 모를 정도로 살벌해지면 그때도 생각났다. 마음이 말랑말랑해질 때도 또 무너질 때도 생각났다는 것인데, 왜 그랬는지는 모르겠다. 얼굴도 잘 기억해내지 못했는데, 어떻게 그리워한 것인지도 모르겠다.

어느 날 점심시간 김유정의 《동백꽃》을 읽었다. 겉으로는 미워하나 속으로는 좋아했던 점순이와 서로 아웅대다가 뭔가에 떠밀려 "노란 동백꽃 속으로" 같이 파묻힌 주인공은 말했다. "알싸한 그리고 향긋한 그 냄새에 나는 땅이 꺼지는 듯이 고만 온 정신이 아찔하였다."

내 정신도 아찔해졌다.

여학생

낯선 동네에서 중학교 3학년을 마치고 근처 여고에 배정받았다. 2교시가 끝나면 친구들과 도시락을 까먹었고 공부보다 수다 떨고 노는 걸 더 좋아했으며 수업 시간 교과서 사이에 하이틴 로맨스를 숨겨서 읽던 농땡이 학생이었다. 게다가 미술 선생님을 흠모하는 바람에 국영수에 소홀했다. 고만고만한 성적으로 학력고사를 치르고 학교 이름이 같은 남고의 같은 반이랑 단체 미팅도 했다. 교회 오빠에게 선물한다는 친구를 위해 다 같이 둘러앉아 777개의 별도 접었고 누군가의 소원을 이루어주기 위해 1,000마리의 종이학도 접으며 시간을 보냈다.

초등학교 동창으로부터 연락이 오기 전까지는.

남학생

학력고사가 끝났다. 끝나자마자 나는 친구와 탁구
를 치러 갔다. 탁구장 텔레비전에서 학력고사 정답표를
봤다. 그 자리에서 점수를 매겼다. 다음 날 아침 교실에
가니, 선생들이 줄이어 찾아와서 점수를 물었고 매번 실
망스럽다는 표정으로 돌아섰다. 친구들은 점수 걱정은
뒷전이었다. 어쩌다 반장이었던 나더러 빨리 여자고등
학교에 연락해서 단체 미팅을 주선하라고 난리였다. 별
방법이 없어서 난감했다. 먹구름 가득한 선생들의 얼굴
보다는 미팅의 꿈에 환하게 빛난 친구들의 얼굴이 더 걱
정이었다.

그때 그 아이가 다시 생각났다. 정확히 하자면, 얼
굴은 떠오르지 않고 마음이 찡했는데 나는 그게 그 아이
때문이라고 확신했다. 왜 그랬을까.

여학생

동창은 나에게 그 애가 있는 학교에 남동생이 있으니 그 편에 편지를 전달해서 같이 만나게 해주겠다고 했다. 얼마나 떨렸는지 모른다. 이젠 못 만난다고 생각했던 아이, 하이틴 로맨스의 주인공이 우리가 되면 어떨까. 늘 마음속에서 꿈꾸게 만들었던 아이를 어쩌면 다시 만날 수도 있게 된다니.

그런데 그 애는 공부를 잘해서 학교에선 맡아둔 일등이고, 학력고사는 부산에서 수석을 할지 모른다는 소문이 들렸다. 얼굴을 보는 것도 좋긴 하지만 걱정도 되었다. 성적이 너무 차이가 나니까 괜히 부끄럽고 자존심도 상했다. 같이 종이접기를 하던 친구들에게 의논했더니 한결같이 어이없다며 격려의 잔소리를 해줬다. 첫사랑을 만날 수 있는 천금 같은 기회인데 네가 지금 자존심 따위를 내세울 때냐고 말이다.

알았어, 용기를 내서 만나볼게.

남학생

학력고사가 끝난 교실은 난리법석이었다. 앉아 있
는 놈들은 드물었고, 서 있는 놈들도 미친 좀비처럼 여
기저기 몰려다녔다. 그 사이를 뚫고 2학년 후배가 찾아
왔다. 누나가 편지를 전하라고 심부름을 시켰다고 한다.
그 누나는 나와 초등학교 동창이었다. 난생처음 여자에
게 편지를 받아보았다. 여자가 보낸 편지는 봉투부터 달
랐다. 기묘했다. 내용은 더 기묘했다. 그때의 감정은 형
형색색 복잡미묘했다. 달리 표현할 방법이 없으니, 그냥
기묘했다고 해둔다.

내용은 이랬다. 자신이 내가 좋아했던 그 아이와 만
날 자리를 만들어줄 테니, 자신이 좋아했던 남자애를 만
날 자리를 나더러 만들라는 것이었다. 그 남자애는 초등
학교 동창이고, 마침 우리 집 근처에 살고 있었다. 주고
받자는 '딜'이었다.

나는 내가 주어야 할 것은 생각하지 않고 받을 것만
생각했다. 후배를 불러서, 딜이 성사되었음을 누나에게
알리라고 했다. 그녀가 만나고 싶은 남자애한테 나는 연
락도 하지 않고 의사도 확인하지 않은 상황이었다. 마음
을 앞세우고 배짱도 키웠더니, 운도 따랐다. 뒤늦게 그
초등학교 친구에게 연락했더니 자신도 좋다고 했다. 그

이후 후배를 통해 몇 번의 쪽지가 오갔다.

드디어 날짜가 잡혔다.

여자

　밥도 먹여주지 않는 그런 자존심은 친구들의 조언
에 따라 과감하게 접고 약속장소로 향했다. 부산에서 꽤
유명한 음악다방이었다. 실내는 넓었지만 손님이 많아
서 나는 입구에서 안쪽으로 서너 테이블 건너편에 자리
를 잡았다. 그 당시 유행이었던 앞머리에 핀컬 파마를
하고 초록색 체크무늬 주름치마에 붉은 자켓을 입었다.
성적도 그렇지만 고3 내내 내 도시락에 친구 도시락까
지 먹고 우유도 1리터씩 꼬박꼬박 챙겨 먹은 터라 몸매
도 만만치 않게 토실했다. 이런 날이 올 줄 모르고 너무
방심하고 산 내가 좀 원망스럽고 부끄러운 순간이었다.
　뚱뚱하게 변해서 못 알아보면 어쩌나 싶기도 하고.

남자

부산 시내 중심가에는 뜬금없이 큰 절이 하나 있다. 지금 가서 보면, 절의 크기는 소박한데, 그때는 크고 웅장해 보였다. 그 절 앞에는 '합창'이라는 커피집이 있었다. 베토벤의 〈합창〉을 이름으로 내걸었으니, 당연히 온종일 클래식만 틀었다. 하지만 이런 세세한 사항은 나중에 알게 된 일이다. 처음 찾아간 날, 내게 그곳은 소리 하나 들리지 않는 초긴장의 진공 상태였다.

당연히 일찍 도착했다. 사실 너무 일찍 도착했다. 아직 그녀가 왔을 리가 없으니 입구가 보이는 곳에 자리 잡고 앉았다. 테이블마다 나지막한 칸막이가 있어서, 일단 앉은 사람은 얼굴을 확인하기 쉽지 않았다. 그래서 신경을 곤두세우며 입구를 살펴야 했다.

그런데 오질 않았다. 시간은 자꾸 가는데, 오질 않았다. 오고도 남을 시간인데, 오질 않았다. 초조함에서 시작된 마음에 옅은 실망과 패배가 스며들기 시작했다. 막판에 바뀐 마음이 빚어낸 삶의 상처들. 소설에서 익히 읽었던 터라, 나도 서서히 그 비련의 주인공이 될 준비를 하고 있었다. 마지막으로 한 번 더 기다려보자고 마음을 보채서 바라본 입구, 거기엔 아무도 없었다. 괜찮아, 괜찮아, 이제 가자.

그때 누가 큰소리로 나를 부른다. 소리 나는 쪽을 멍하게 바라보니, 친구다. 덩치 좋고 넉살도 좋다. 네가 왜 이런 곳에 와 있냐면서 〈합창〉 심포니보다 더 웅장하게 따진다. 벌써 내 옆에 자리 잡고 앉았다. 그 친구와 따질 힘조차 없어진 터라, 순순히 여차저차 이렇게 되었다고 설명했다.

내 얘기가 끝나기도 전에 친구는 정의의 기사마냥 벌떡 일어서더니, "그럼 여기 있을 수도 있겠네" 한다. 내가 말릴 틈도 없었다. 친구는 테이블을 옮겨 다니면서, 혹시 누구 아니시냐고 물어본다. 아니라고 하면, "아, 미안함니데이" 하면서 전혀 미안해하지 않고 다음 테이블로 옮겨간다. 그쯤 되자 나는 지치고 포기했다. 그 순간, 친구가 다시 큰소리를 낸다. 어이구, 저 화상. 투덜대며 친구 쪽을 바라보니, 손을 정신없이 흔들어 댄다. 빨리, 빠알리, 빠아아일리이, 오란다.

좋아 죽겠다는 표정이다.

여자

익숙하지 않은 분위기 속에서 혼자 얼마나 앉아 있었는지 모르겠다. 실내에 흐르던 클래식 음악은 떨리는 마음을 진정시켜 주지 않았고 그저 소음일 뿐이었다. 그때 내가 기다리던 그 애가 아니고 전혀 다른 사람인, 키가 크고 눈매가 서글서글한 어떤 남학생이 와서 혹시 상헌이를 아느냐고 묻더라. 그렇다고 하니 곧 뒤를 돌아 반갑게 누구를 불렀다. 기억 속에 각인된, 철들고 진지한 눈빛을 가진 그리움의 정체가 드디어 내 눈앞에 나타났다.

진한 눈썹, 살짝 찡그린 얼굴 그리고 한 손에 책을 든 채로.

남자

과연 거기에 그녀가 있었다. 다방 입구로 들어서는
그녀를 본 듯도 한데, 알아보질 못했던 것이다. 1~2미터
정도 가까이 다가서서 보니, 그제서야 그녀의 얼굴이 보
였다. 6년 만에 봤으니, 그것도 육체의 초고속성장기 이
후에 봤으니, 적어도 몇 초 동안 복기의 시간이 필요했
다. 친구는 옆에서 연신 떠들어 대며 분위기를 잡아주었
다. 그러고는 시끌벅적하게 사라졌다.

이제 둘이 남아서 서로 바라보고 앉았다. 순식간에
머릿속이 하얘졌다. 무슨 말을 했는지, 무슨 말을 들었
는지, 아무것도 기억나지 않는다. 마치 천년의 고독을
끝내고 내뱉은 첫 언어가 정작 고독의 무게를 견디지 못
하고 입 속에 묻혀버린 듯했다. 여전히 환하게 예쁜 그
녀의 얼굴만 또렷했다. 그 순간 나는 음악다방의 이름마
저 운명적이라 생각했다. 〈합창〉 심포니, 그 절정은 〈환
희의 송가〉.

"신성한 그대의 힘은 가혹한 현실이 갈라놓았던 자
들을 다시 결합시키고 (…) 여성의 따뜻한 사랑을 받은
자여, 다 함께 환희의 노래를 부르자."

나는 환희를 얻었고, 기억을 잃었다. 드디어 그녀를
본 것이다.

2장 다시 만나다

여자

요즘 말로 '오늘부터 1일' 같은 약속은 없었지만, 자
연스레 우린 사귀기 시작했다. 시험도 끝나고 점수는 대
충 정해졌다. 맘에 안 들어도 재수는 안 할 거니까 공부
못했다고 엄마한테 실컷 욕 좀 듣고 점수에 맞는 학교에
가는 일만 남았다.

그 와중에 철이 없는 나는 혼자 상상 속의 사랑에
빠졌다. 다음엔 어디에서 만날까? 무슨 옷을 입고 나갈
까? 머리는 풀까? 묶을까? 설마 공부 못한다고 헤어지
자 하지는 않겠지? 뚱뚱해서 싫어하면 어떡하지? 에이
몰라, 되는대로 하는 거지 뭐. 이렇게 하루에도 열두 번
씩 마음이 흐렸다가 맑았다가 했다. 계속 그를 생각하며
혼자 손도 잡아보고 뽀뽀도 해보며 실실 웃는 날이 많았
다.

로맨스 소설을 너무 열심히 본 게야.

남자

만남은 오랜 끝에 왔지만, 사귐은 순식간이었다. 시
간도 많았다. 학력고사는 이미 끝났으니 점수는 우리가
어쩔 수 없는 것이었고, 당시 대학 지원 방식도 상대적
으로 단순했다. 점수가 나오면 지원 가능 대학이 대충
정해졌다. 그 안에서 끙끙대다가 지원하면 그만이었다.
시간만 나면, 그녀를 생각했고 만났다.

문제는 연락 방법이었다. 휴대폰이 없는 시절이었
으니, 만날 약속을 하려면 통화를 해야 했다. 게다가 그
녀가 있을 법한 시간에 맞춰서 전화를 걸어야 했다. 그
렇지 않으면, 그녀 부모님과의 어색한 대화 내지는 '추
궁'을 견뎌내야 했다. 낯을 많이 가리는 내가 무슨 용기
가 났는지, 전화를 자주 해대었다. 그리고 편지를 썼다.
버스로 40분 남짓 떨어져 있는 거리에 살면서, 마치 우
주 끝 어딘가에 외롭게 살아가는 영혼인 것처럼 써대었
다. 뭐라고 썼는지는, 지금 기억나지 않는다. 내용이 무
슨 대수인가. 쓴다는 행위가 더 중요한 때였다. 그리고
얼마나 유치찬란했을 것인가. 알고 싶지 않다.

게다가 나는 태생적으로 말하는 것을 즐기지 않는
다. 식당과 찻집에서 보낸 수억만의 시간 동안 나는 계
속 떠들어 대었을 텐데, 무슨 말을 했는지 생각나질 않

는다. 또렷이 나를 쳐다보고 있는 그녀의 얼굴만 선명하다. 나의 말은 허름한 어묵가게의 흙바닥에 뒹구는 먼지처럼 떠돌기만 했을 터다. 아니면, 그 추웠던 (그러나 우리는 결코 춥지 않았던) 겨울 백사장의 모래처럼 쓸려다녔을까. 그게 또 그리 중요했을까. 말한다는 행위가 무엇보다 더 중요한 때였다.

무얼 쓰든, 무얼 말하든, 그걸로 다 좋았다.

여자

연극을 보러 갔던 것이 우리의 첫 데이트였다. 그 당시 최고의 하이틴 스타 최재성이 주연한 〈에쿠우스〉였는데 그가 표를 예매했다고 했다. 짧은 머리에 아이보리와 밤색이 혼합된 트위드 원단의 자켓을 말쑥하게 입었다. 한 손에 책을 든 그와 공연장 맨 뒤에서 입석으로 관람을 했다. 지금도 나는 연극을 별로 즐기지는 않지만, 그 당시에도 방점은 첫 데이트에 있었다. 연극의 내용에는 큰 관심이 없었다. 게다가 마음은 두근두근 온통 그 애라는 콩밭에 있는데 제아무리 유명한 하이틴 스타가 무슨 소용이랴.

그렇게 해서 알게 되었는데 그는 독서가 취미였다. 보통 사람들에게 취미가 뭐냐고 물었을 때 특별한 무엇이 없으면 하는 형식적인 대답의 독서가 아니라, 진짜 책 읽는 게 취미였던 것이다. 게다가 시나 글쓰기를 즐겼다. 그의 손에는 늘 문고판 책이 들려 있었고, 핸드폰이 없던 시절이었으니 항상 편지나 엽서로 소식을 전해 왔다.

나는 비록 수학은 못했지만 이과 체질인지라, 긴 글을 짧게 줄일 수는 있어도 뭔가를 서술 형태로 풀어 쓰는 것을 힘들어했다. 하지만 상황이 사람을 만든다고 그

가 편지를 보내오면 나도 열심히 답장을 썼다. 비록 내
용이 유치찬란했을지라도.

　　그때는 그게 서로에게 마음을 전하는 최선이었던
시절이었다.

남자

꽁꽁 얼어가는 천지에 꽃을 피우는 시절이었지만, 거칠고 추운 날도 있었다. 대입 과정은 탁구공 주고받는 것처럼 수월할 줄 알았는데, 그게 아니었다. 학력고사 점수는 탁구장에서 매긴 것만큼 나왔다. 그래서 나는 국문과에 가는 줄 알았다. 3년 내내 그럴 것이라고 학교와 집에 알렸고 생활기록부에도 당당하게 써두었다. 다들 "그래그래" 하는 반응이었다. 나는 이걸 동의와 긍정이라고 믿었다. "그래그래, 나중에 얘기하자"라는 뜻인 줄 몰랐다.

점수가 나오자마자 부모님은 돌변하여 법대 얘기를 꺼냈다. 당황한 마음에 담임 선생에게 구원의 손길을 청하자, 그는 부모님의 뜻이 곧 그의 뜻이라 했다. 구원이 비련으로 바뀌는 것도 순식간이었다. 졸지에 황야에서 외롭게 울부짖는 여우 신세가 되었다. 유일한 내 편은 그녀뿐이었다. 나의 비련한 하소연을 그녀는 참 열심히 들어주었다. 고단한 뇌가 쏟아내는 하품도 잘 참아주었다.

담임 선생은 내 편을 들어주지 않은 미안한 마음에 '부역'을 면제해주는 사람은 아니었다. 공과 사를 명징하게 구분하여, 선생은 나를 교무실에 불러 반 친구들의

생활기록부를 완성하고 원서 작성을 도우라고 했다. 부
모님 한숨 소리에 하염없이 작아지는 친구들을 고통스
럽게 지켜보았다. 시험 치고 나면 내 답안지만 채점하고
나서 나머지는 나더러 채점하라고 던져주던 담임이었
으니 놀랄 일은 아니었다. 하지만 내 처지가 짙은 안갯
속인데 반 친구의 고통스러운 처지까지 챙기다 보니 억
하심정이 앞섰다. 나의 깨알 같은 푸념은 다시 모두 그
녀의 몫이었다. 바람 불던 바닷가에서 참 오래도록 앉아
있었다.

    흔들리는 말은 바람에게 던져주고, 그녀의 눈빛만
데리고 나왔다.

여자

학력고사 점수가 나왔다. 친구 누구는 애 성적이 저렇게 될 때까지 서로 뭘 했냐고 아빠와 엄마가 속상한 마음에 대판 싸우셨다는 얘기를 전해줬다. 우리 집에 내 점수를 알렸더니 엄마는 괜찮다고, 체력장 20점 보태서 가면 되겠다고 하셨다. 20점 보탠 점수가 그거라고 말했다가 등짝만 세게 얻어맞았다. 내 점수와 등급으로 갈 만한 학교와 학과는 대충 정해졌고 미래에 대한 고민도 없었다. 적성과도 아무 상관없이 진학지 그래프 속의 등급에 따라 학교와 전공을 선택하게 되었다.

그런데 그 애는 진로에 대해 고민하는 수준이 나와는 달랐다. 본인이 하고 싶은 일이 명확해서 국문과를 가고 싶어 했는데 너무 공부를 잘한 나머지 자신이 원하지 않는 과를 선택해야 하는 상황이었다. 부모님이 법대를 가라고 하는데 자기 적성과는 아무래도 맞지 않는다고 하소연했다. 그는 바닷가 모래사장에 앉아 바다를 바라보며 답답해했다. 아무 생각 없이 사는 나에 비해 자신의 전공과 미래에 대해 구체적인 고민을 하는 그가 갑자기 너무 멋져 보이는 거다. 같은 나이에 어쩜 이렇게 다를 수가 있지?

콩깍지에 존경심까지 덧씌워졌다.

남자

결국 사고를 쳤다. 부모님과 담임 선생의 완강함은 고래 심줄 같았다. 아마득한 벽 앞에 어쩔 줄 모르다가, 그냥 집을 나왔다. 고민을 거듭한 끝에 내린 비장한 결심이 아니었다. 말 그대로 '그냥' 나왔다. 그렇게 나오고 보니, 갈 데가 없었다. 12월 중순, 해는 짧고 바람은 차고, 돈은 없었다.

시골 외갓집으로 갔다. 외할머니가 깜짝 놀라면서 반겼다. 어찌 된 일이냐고 묻는 외할머니에게 "절대 집에는 말하지 말라"고 당부했다. 다음 날 아침에 일어나니, 외할머니는 미역국을 끓여주었다. 오늘이 네 생일이라면서. 아주 잠깐 감동했다가 이내 의심이 일었다. 내 생일을 어찌 알았을까. 외할머니는 벌써 어머니와 연락하셨던 것이다. 나는 곰국처럼 진한 미역국을 한 그릇 비우고, 집으로 가는 시외버스를 탔다. 어설프게 떠났다가 허무하게 돌아왔다. 집에 가기 전에 그녀를 보고 싶었다. 그녀는 이미 나의 익숙하고 편안한 레퍼토리였다. 하지만 연락할 엄두는 내지 못했다.

굴욕적인 가출 끝에 그녀를 만날 엄두가 나질 않았다.

여자

사실 그때 나는 그가 국문과와 법대 둘 중에 어디를 가느냐를 결정하는 것이 졸업 후 삶에 어떤 영향을 미치는지 전혀 몰랐다. 별 관심도 없었던 것 같다. 그가 오랜 고민 끝에 어렵게 진로 얘기를 꺼냈을 때 나는 웬만하면 부모님 의견에 따르는 게 낫지 않냐고 조언했던 모양이다. 그 후에 그는 자기편일 것 같은 너마저 이럴 수 있냐는 식의 투정이 잔뜩 묻은 편지를 보내왔다.

좋은 말로 하면 의지가 강한 거고 다른 말로 하면 보통 고집쟁이가 아니었다.

남자

타협의 시간이 왔다. 어이없는 절충법이 나왔고, 누구도 그것이 어이없는지를 몰랐기 때문에, 전격적으로 합의를 했다.

파국적인 긴장이 계속되고 있을 때 이웃집 대학생이 우리 집에 왔다. 이런저런 사정을 듣고 도움을 주고 싶었던 모양이다. 주위에서 그렇게 하라고 부추겨서 왔는지도 모르겠다. 게다가 우리 동네에 그런 '일류' 대학생은 산삼보다 더 귀했다.

그 대학생의 절충안은 경제학. 그의 주장에 따르면, 경제학을 하면서 내가 원하던 문학적인 분야의 일도 할 수 있고 동시에 부모가 원하는 사법고시도 볼 수 있다는 것이다. 부모와 나는 선뜻 동의했다. 곧 터질 듯이 팽팽하게 늘어가는 실과 같은 상황을 하루라도 빨리 벗어나고 싶었기 때문이다.

나는 경제학이 무엇인지 제대로 찾아보지 않았다. 그게 뭐든 간에 문학을 계속할 수 있다고 하니, 그것으로 충분했다. 대학에 입학하고 나서야 경제학 책을 제대로 볼 기회가 있었다. 그래프, 통계, 수식이 가득한 책, 뻑하면 '증명'하고 '증거'하는 책. 그 순간 비수 같은 아찔함이 명치를 때렸지만, 내 손에는 이미 학번과 이름이 적힌 학생증이 들려 있었다.

그 이후로 나는 삶의 '설계'를 믿지 않는다. 설계하는 것은 당신의 자유다. 하지만 설계한 대로 될 것이라 믿지 말라. 삶의 고통만 더해진다. 삶을 설계할 때 다가오는 찰나 같은 짜릿함, 딱 그것뿐이다.

우리는 연애를 설계하지는 않았다. 그래서 찬란하게 버티었다.

여자

결국 그는 경제학을 전공하기로 결정했다. 부모님
과의 갈등 끝에 원만히 찾은 절충안이었지만 나에게는
별로 중요하지 않았다. 내 걱정은 따로 있었다. 그는 곧
서울로 가야 했고 나는 부산에 있는 대학에 진학하기로
했기 때문이다. 다시 떨어져서 지내야 한다는 안타까움
과 조바심에 마음이 바빠졌다. 우리는 틈나는 대로 만났
고 그는 자주 편지를 보냈다.

서울로 가는 그를 위해 특별한 선물을 해주고 싶었
다. 고민 끝에, 공부할 때 허리 뒤에 놓고 쓰라고 작은
쿠션을 만들었다. 빨간 천에 희고 작은 점무늬를 넣었
고, 가운데는 사각형으로 흰 레이스를 둘렀다. 지금 생
각해보면 그의 취향을 전혀 고려하지 않은 색과 디자인
이었지만, 직접 만든 성의가 있으니까 싫어하진 않았으
리라. 그리고 해운대 바다를 담은 흑백사진도 함께 주었
다. 그는 사진을 보면서 짧게 감탄사를 내뱉으며 내심
좋아해줬다. 나는 미소를 지었지만, 속으로는 다시 떨어
지게 되어 안타깝고 속상했다. 괜히 아무나 붙잡고 투정
부리고 싶은 날이었다.

그는 헤어질 때 악수를 하며 꼭 하고 싶었던 말이
있었는데 결국 못 하고 헤어졌다며 편지를 주었다. "나

도 너를 믿고 좋아한다"고 적혀 있었다. 그리고 그는 서
울로 갔다.

　그렇게 우리의 길고 긴 7년간의 장거리 연애가 시
작되었다.

남자

대학 진학을 둘러싼 어이없는 상황이 마무리되고
나니, 다른 고비가 왔다. 나는 서울로 학교를 가게 되었
고, 그녀는 부산에 머무르게 되었다. 만나자마자 이별이
었다. 기차를 타면 4시간 남짓, 버스를 타면 5~6시간 걸
리는 거리인데, 마음속 거리는 수천 킬로미터였다. 내색
하긴 싫었다. 씩씩하려 했다. 서울 가야 하는 날은 다가
오고, 만나서 헤어져 집으로 돌아가는 길 뒤쪽에는 찬바
람이 모질게도 불었다. 만나러 가는 길은 따뜻한 날인
데, 헤어져 돌아가는 길은 몹시 추웠다. 변덕스럽고 방
정맞은 날씨였다.

그리고 그날이 왔다. 내일 나는 서울로 간다. 광안
리 바닷가에서 만났다. 바람은 멎고 물결은 차분했다.
할 말도 없었다. 만난 지도 그리 오래되질 않아서는 '눈
물의 맹세'를 할 처지도 아니었고, 그렇다고 '안녕' 하고
돌아설 수도 없는 일이었다. 뭔가 확인하고 약속해야 할
듯한데 대체 뭘 어떻게 해야 할지 몰라서, 점점 까맣게
되어가는 바다만 바라보았다. 그리고 까마득해지는 내
마음.

나는 마음만 앞섰고, 그녀는 선물을 준비했다. 야물
딱지게 예쁜 쿠션, 그리고 해운대 백사장을 담은 흑백

사진 액자. 쿠션보다 사진이 더 좋았다. 그 사진을 건네받았을 때처럼 사진의 바닷가에는 저녁이 깊어가고 있었다. 뭔가 깊어져 간다는 것, 그것이 좋았다. 내 마음대로 이것을 그녀의 징표로 삼았다.

안타깝게 부서지는 파도 소리를 뒤로하고 나는 서울로 갔다.

3장 만남의 나날들

여자

대학생이 되었다. 엄마가 새로 맞춰주신 핑크색 투
피스와 생전 처음 신어보는 빨간 구두를 신고 영화에서
보던 여대생의 흉내를 내며 한쪽 팔에 책을 몇 권 끼고
걸었다. 그러다가 새 신발에 뒤꿈치가 까여 피를 몇 번
씩 보기도 했다. 처음 해보는 어른 놀이에 친구들과 시
간 가는 줄 모르고 지냈다. 원래 사람 사귀는 걸 좋아해
서 합창부 동아리에 가입해 새로운 친구와 선배들과 노
래 연습하는 것도 좋았다.

그보다 더 기대되는 것은 그가 정기적으로 보내주
는 편지와 그의 학교에서 발간되는 학보였다. 주소를 적
은 종이 띠 뒷면에 깨알같이 쓴 편지를 보면 내용과 상
관없이 하루종일 복권에 당첨된 느낌이었다. 그의 글씨
체는 어찌나 멋진지 우리 단과대학 편지함 속의 수많은
편지와 학보 사이에서도 단연코 빛이 났다. 가끔 받는
이의 주소와 이름을 한자로 적어서 보내왔다. 겉멋으로
보일 수 있었겠지만 내 눈에는 품위 있고 어른스럽게 느
껴졌다.

한마디로 그냥 모든 게 다 좋았다.

남자

서울의 학교는 침울하고 낯설었다. 촌놈들만 모여 있는 기숙사에 들어간 것은 다행이었다. 모두가 낯설어하는 곳은 더는 낯선 곳이 아니기 때문이다. 내 방에 도착하자마자, 책상 위에 해운대 사진 액자를 올려두었다. 까만 바닷가에서 그리움이 밀려오고 있었다. 쿠션까지 옆에 세워두니, 그리움은 끼룩끼룩 바닷새 소리를 내었다.

그럴 때마다 편지를 썼다. 쓰다 보면 길어졌고, 길어진 편지를 차마 마무리하질 못했다. 그리고 전화할 궁리를 했다. 시간을 잘 맞춰야 통화할 수 있었으니 딴에는 분석과 예측을 동원해야 했다. 틀리기 일쑤였다. 다행히도 기숙사 입구 옆에 공중전화가 있었다. 마음이 바쁠 때는, 꼭 누군가 먼저 차지하고 있었고 통화는 끝날 줄을 몰랐다. 그러면 100여 미터 떨어진 곳에 있는 다른 전화박스로 달려갔다. 전화하러 달려가는 발끝에는 차가운 겨울바람이 여전했지만, 통화에 성공하고 돌아오는 발길에는 봄기운이 몰려왔다.

열뜬 사내는 어쩔 줄 몰라 했다.

여자

속에 품고만 있을 때도 늘 심장이 콩닥거리게 했지만 활자로 적힌 '좋아한다'라는 단어를 보는 것은 더욱 마음을 들뜨게 했다.

그가 주고 간 '좋아한다'는 말이 적힌 편지를 읽고 또 읽고 문신이 되도록 그 부분만 기억했다. 항상 A4용지 서너 장을 가득 메운 그의 편지에는 조금은 낯선 기숙사에서의 생활, 신입생 환영회에 가기 싫어서 빼먹은 이야기와 고향이 그리울 때마다 내가 선물한 해운대 사진을 바라본다는 내용이 적혀 있었다. 그리고 늘 시를 적어서 보냈다. 좋아하는 구절에 밑줄을 쳐서 그 부분에 대한 나의 해석을 묻기도 했다. 지금 생각하면 그의 감성에 한 번도 제대로 맞장구를 쳐준 적이 없어서 너무 미안한 생각이 든다.

나는 시를 잘 몰랐으나, 그가 시를 쏟아내는 마음은 잘 알겠더라.

남자

봄은 왔는데, 봄이 아니었다. 학교는 어수선했다. 콘크리트 건물 사이에는 팽팽한 분노와 날카로운 감시로 어지러웠다. 두꺼운 원서 교재를 강의실 책상에 펼치자마자, 창밖으로 최루탄이 터졌고 그 사이로 선배들이 입을 틀어막고 달려나왔다. 휴강이 선언되었다. 바깥에는 동맹휴업을 외치는 목소리가 높았다.

대학 문을 들어선 지 몇 주도 되지 않았건만, 나는 금세 심정적 동조자가 되었다. 도서관 앞 광장에서 노래도 부르고 소리도 질렀다. 붉은 진달래의 처절한 심정을 읊는 강렬한 노래에도 심취되어 따라 불렀지만, 정작 광장 옆으로 산자락으로 들불처럼 퍼져가는 진달래와 철쭉은 보지 못했다. 마음이 너무 뜨거워서 바깥의 풍경조차도 내 눈 안으로 끌어오질 못했다.

뜨거움이 다시 그리움을 만나는 날이면, 긴 편지를 썼다. 계단에 앉아서 쓰고, 잔디에 누워서도 써보고, 도서관 창 쪽에 자리를 잡는 날이면 편지부터 썼다. 우체국 앞에 있던 벤치에 앉아서도 쓰고, 바로 보냈다. 어떤 날은 아침에 보내고, 저녁에 다시 보냈다. 그리움의 언어는 담지 못하고, 시절의 뜨거움에 대해서만 썼다. 난해한 말, 겉도는 말, 들떠 어쩔 줄 모르는 말을 무수히

적었다. 하지만 그녀의 편지는 깔끔하고 명징했고, 무엇
보다도 쾌활하고 밝았다. 봄날의 언어는 거기에 있었다.

편지 시작하면서 하는 말 '안녕'은 세상에서 가장
반가운 말이고, 편지 끝내며 하는 말 '안녕'은 세상에서
가장 아쉬운 말이었던 나날이었다.

여자

우리는 같은 대학생이었지만 떨어져 있는 거리만큼 전혀 다른 생활을 했다. 그는 대학생이라면 마땅히 이 땅에서 어떤 생각과 행동으로 살아야 옳은 건지에 대해 늘 의문을 가지고 고민했다. 나는 그저 어떻게 하면 예쁘게 화장할까, 멋지게 옷을 입을까, 어느 카페를 갈까 또는 친구들과 무슨 나이트에 가서 춤을 출까 생각하며 시간을 보냈다.

보는 것이 다르고 경험하는 것이 달랐으므로 우리의 편지는 닮은 데가 없었다. 그의 편지는 늘 시와 어려우며 철학적이고 관념적인 용어들로 가득 채워져 있었고, 나는 그저 말괄량이 철부지 수준이어서 사실 답장을 쓰는 것도 많이 부끄러웠다. 그럼에도 끊임없이 편지를 주고받았다. 알 수 없는 내용으로 가득 찬 서너 장의 글 끝에 혹시라도 보고 싶다, 좋아한다고 적혀 있을까 봐.

그 말만을 기다렸다는 것을 그는 알까?

남자

이른 봄날, 서울 시내에 나섰다. 말로만 듣던 미도
파 백화점에 갔다. 큰마음 먹고 선물 하나 사려고 한 것
이다. 오래 고민하고 힘들게 발품 들여서 산 것은 고작
인형이었다. 그리고 이렇게 편지를 썼다.

"세 시간이나 소비해가면서 샀으니까 대단한 것이
라구!"

왜 거기서 '소비'라는 야박한 단어를 썼을까.

여자

서울로 갔던 그가 처음으로 부산에 내려왔다. 그즈음에 신입생 환영회를 부산의 어느 클럽에서 했다. 장소와 환영회의 분위기가 자기 취향이 아님에도 불구하고 고맙게 나를 위해 동행해줬다.

그가 갑자기 쑥스러워하며 쇼핑백을 하나 내밀었다. 곰인형이 들어 있었다. 살면서 책 외의 물건은 선물을 해본 적이 없다며 고르느라 세 시간이 걸렸다고 했다. 좋아하는 여자친구를 위해 세 시간 동안 선물을 고르는 스무 살 남자아이는 무슨 마음이었을까? 온전히 나만을 위한 시간이었을 테니 그 마음이 어떤지 생각만 해도 괜히 볼이 달아오를 만큼 기분이 좋았다. 처음으로 평생 간직하고 싶다는 생각이 드는 선물이었다.

그 곰인형은 지금도 내 방 선반에 앉아서, 그때 그 남자아이와 여자아이를 내려다보고 있다.

남자

사람이 제 몸에 불을 붙여 죽는 것을 보았다. 그것
도 봄꽃이 미쳐 피어나는 학교 한가운데서. 죽음 위로
최루탄이 덮이는 것도 보았다. 꼼짝없이 서서 보았다.
그런 날에도 그녀에게 길고도 긴 편지를 썼다. 감기가
걸렸다는 소식을 듣고도 차마 안부를 묻지 못했다. 그런
'사사로운' 말조차 하면 안 될 것 같은 날이었다. 편지를
끝낼 방법을 몰라, 윤동주의 〈바람이 불어〉를 옮겨 적었
다.

"바람이 어디로부터 불어와/ 어디로 불려 가는 것
일까, / 바람이 부는데/ 내 괴로움에는 이유가 없다/ 내
괴로움에는 이유가 없을까, / 단 한 여자를 사랑한 일도
없다/ 시대를 슬퍼한 일도 없다/ 바람이 자꾸 부는데/ 내
발이 반석 위에 섰다/ 강물이 자꾸 흐르는데/ 내 발이 언
덕 위에 섰다"

내 괴로움에는 이유가 없지는 않았겠으나, 그 이유
를 바라보지 못하고 바람만 탓하고 있었다.

여자

자기 대신에 옆에 잘 데리고 있으라는 듯 곰인형을 하나 안겨주고 그는 다시 서울로 갔다. 그 이후로 보내오는 편지는 혼란과 고뇌와 분노가 가득 찬 내용들뿐이었다. 캠퍼스는 혼돈이었고 그는 편지에서 울었다. 어떻게 살아야 하는지, 왜 살아야 하는지, 지금 하는 공부는 대체 무엇을 위한 것인지 스스로에게 묻고 또 물었다. 사적인 일에 감정을 소모하는 것조차 미안하게 생각한 그의 마음을 좀 더 따뜻하게 보듬어줄걸, 많이 힘들었겠다고 적어줄걸. 나는 어찌 그리 철이 없이 내 몸뚱이 하나 감기 들어서 아프다고 칭얼대기만 했을까.

나도 그이도 아팠지만, 위로하는 법을 알지는 못했다.

남자

정부가 학교 문을 닫게 하는 휴교이거나 학생들이 강의실 문을 닫는 동맹휴업으로 대학 첫 학기는 끝났다. 강의실이 열리는 날에도 수업을 빼먹었다. 강의실 바깥의 황량한 풍경을 감싸 안아줄 만한 강의는 좀체 찾기 힘들었다. 대신, 선배들이 읽으라고 하는 책은 정신없이 읽어내었다. 책 내용을 감당하지 못할 때는 시집을 찾아 읽었다. 시집 내용도 감당하지 못해 끙끙거렸다.

방학을 하자마자, 남들 다 한다는 농촌활동도 물리치고 부산에 내려왔다. 내 학교는 버려두고, 그녀가 다니는 대학 도서관에 들락날락거렸다. 아침에 자리 잡고 책 몇 쪽을 읽어내면 이내 점심시간이었다. 오후에는 친구들이 몰려와서 이런저런 핑계로 낙동강 하구언 쪽 술집에서 술 마시고 노래 불렀다. 앞뒤가 없는 말들이 넘쳤으니, 기억하는 것은 없다. 뭔가 막막했던 뜨거움이 아직도 시리게 기억날 뿐이다.

이 황망한 풍경 속에 늘 그녀가 있었다. 공부할 일도 없는데 도서관에서 내 옆자리를 지켜주고, 내가 객기 부려 술을 토하면 등을 두들겨 주었다. 어느 날 강둑에 홀로 앉아 연애의 이런 불공정한 거래를 깨달았을 때, 낙동강 위로 달빛마저도 어이없다는 듯이 흔들렸다.

그녀는 강물이고 달빛이었다.

여자

방학이 되고 그가 내려왔다. 그는 내 핑계를 대고
우리 학교 도서관으로 왔다. 나도 공부 핑계를 대고 매
일 학교에 나왔다. 자연스럽게 그의 친구들과도 자주 어
울렸다. 학교 아래 낙동강 하구언 쪽으로 가면 비닐하우
스로 만든 술집이 몇 군데 있었다. 우리는 거의 매일 출
석했다.

김치찌개 안주 하나에 소주 몇 병을 시키고 나무 밑
동 잘라 만든 의자에 불편하게 앉아 주먹을 흔들며 목이
터져라 운동가요를 부르며 토론했다. 그러다가 테이블
아래로 술병이 점점 쌓이면 누구는 첫사랑 얘기를 하며
울었고, 누구는 별것 아닌 일로 싸우고 삐쳐서 먼저 돌
아갔다. 누구 하나가 술판에 고꾸라져 저녁 내내 먹었던
술을 토해야 이 상황이 마무리되었다.

여중, 여고 그리고 대학의 외형은 남녀공학이었으
나 여학생들만 있는 학과에 다니는 나에겐 익숙하지 않
은 풍경이었다. 오로지 그와 같이 있는 자체로 모든 장
면이 신기하고 영화 같았다. 한 잔만 마시면 새빨갛게
달아오르는 그의 얼굴은 노란 알전구의 아우라에 비쳐
너무 잘생겨 보였다. 주먹 쥐고 노래하는 모습은 금방이
라도 나라를 구할 것 같이 멋지고, 술 마시고 토하는 모

습은 또 어찌나 마음이 아프던지. 그 당시 유행하는 농담 중에 "연인이 토하자마자 키스하자고 하면 어떡할 거냐?"라는 말이 있었는데, 나는 아마 망설이지 않았을 거다.

나라고 민족이고 역사고 간에 내 눈에는 그이만 보였다.

남자

그녀는 합창부 동아리 팀과 함께 놀러간다고 했다. 거제도 바닷가라고 했다. 순간, 대학에서 맞는 첫 방학이니 무엇인가를 해야 한다는 생각이 들었다. 사실은 서울에 갈 계획이었다. 전투적으로 학습하는 모임에 참석하기로 했는데, 결국 포기했다. 걷잡을 수 없는 마음 때문이었다.

그냥 걸어보기로 했다. 부산에서 진주까지. 시작은 낙동강 하구언. 내 고향 삼천포까지 갈 생각도 했지만, 아무래도 무리였다. 그래서 진주를 목표로 삼았다. 지도상으로는 100km 되었다. 꼬박 사흘을 걸었다. 계획도 없이 무작정 밤낮으로 걸었으니, 마지막에는 사달이 났다. 걷는 것이 힘들어서 절뚝거렸다. 진주에 있는 친척에게 결국 도움을 구했다.

아직도 모르겠다. 그때 왜 걸었는지. 그녀에게 보낸 구구절절한 편지에는 이렇게 적혀 있다.

"캄캄한 어둠 속에서 멀리서나마 희미하게 반짝이는 면 소재지의 불빛을 바라보며 뛰어가던 내 모습이, 살아가면서 언제까지나 지속되는 나의 독특한 모습이었으면."

그때 나는 그녀에게 뛰어가고 있었던 것일까.

여자

합창부 동아리에서 MT를 갔다. 거제도 어느 바닷가라고 했다. 합창반은 남녀혼성이었기 때문에 남녀가 섞여서 가는 건 당연한 일이었지만 우리 아버지에게는 특별한 일이었다. 약 40여 명이 갔는데 아버지는 꼬치꼬치 캐물으셨다. 왜 남녀가 같이 가느냐, 묵는 민박집의 주소를 대라, 책임자가 누구냐.

그래도 성에 안 차시던지 MT 날짜에 맞춰서 온 식구를 데리고 거제도로 휴가를 오셨다. 버스를 대절하고 모이기로 한 장소가 하필 중앙회관이라는 카바레 앞이라 아침부터 카바레에서 모이는 이유가 뭐냐고 큰소리쳤다는 친구 아버지도 계셨지만, MT까지 따라오실 줄이야 상상조차 하지 못했다. 게다가 아버지는 우리가 묵는 장소 바로 옆 해수욕장에 숙소를 정했다. 그리고 아침마다 민박집으로 확인 전화를 하셨다. 당신 고향이 거제도라 그냥 휴가 간 것일 뿐이지 나랑은 상관없다고 했지만, MT 내내 친구들과 선배의 놀림을 받아야 했다.

"니는 대체 집에서 어째 하길래 느그 아부지가 여기까지 따라오시노?"

아버지는 대학 담당 정보과 형사셨다. 그러다 보니 아무리 합창부라고 하지만 선후배와 어울려 며칠을 지

내다가 혹시라도 내가 '나쁜' 영향을 받아 삐딱하게 될
까 봐 의심을 하셨다. 번지수를 잘못 짚으셔도 한참을
잘못 짚으셨지.

　합창반은 진짜 합창만 하고, 시나브로 의식화의 주
범은 남자친구였다.

남자

대학 첫해는 그렇게 엉망이었다. 뭘 해보려고 할수록 더 깜깜했는데, 그럴 때면 골방 같은 술집이나 기숙사 방에 숨어들었다. 그녀에게 쓰는 편지는 더 엉망이었다. 혼자서 괴로워하며 생경한 단어만 쏟아낸 뒤에, 서둘러 '너도 잘살아라, 보고 싶다, 안녕'이라는 식이었다. 서너 쪽을 채운 긴 편지에, 그 의미가 분명한 것은 마지막 몇 줄이었다. 그 짧은 말을 하고 싶어서 오랫동안 서성이었던 것이다.

가을에는 이빨 앓이를 했다. 지난겨울에 치료를 했는데, 이번에는 대책 없이 자라난 사랑니가 문제였다. 돈이 없다고 하니, 인턴 교육용으로 수술하면 공짜라고 했다. 얼른 그러자고 했다. 이빨이 빠지면서 피도 철철 쏟아졌다. 그날, 대학생들이 건국대를 점거했다. 1,000명 이상이 구속되었다. 나는 그녀에게 아프다면서 투덜거렸다.

겨울방학이 되자 따뜻한 남쪽 부산으로 돌아왔다. 어둑진 골목마다 매서운 바람이 부는 겨울이었다. 그래도 가벼운 군용 파카만 입고 돌아다녔다. 그녀를 만나면 더 추운 바닷가를 걸었다. 걷고 또 걸어도 춥지 않았다. 집에 돌아와 따뜻한 온돌방에 앉으면, 그제서야 매운 추

위가 몸을 감싸 안았다. 온도 또는 추위의 상대성. 바깥
에 같이 있으면 따뜻하고, 집에 홀로 있으면 추웠다.

그렇게 춥고도 따뜻했던 어느 겨울날에 대학생 박
종철의 죽음을 들었다. 마음속에 불기둥이 솟아나는데
도 온몸이 떨렸다. 아무것도 하지 못했다. 무언가 거대
한 파도가 오고 있음을 알지 못했다. 어둠만 더 짙어졌
다면서, 친구를 만나 술 한잔 마시고 푸념하면 그만이었
다.

그녀는 여전히 옆에 있었다. 세상일이 꽁꽁 얼어갈
수록 나는 그녀에게 기대었다. 그러다가, 낯선 집 앞에
서 입맞춤을 했었나 보다. 정확히 언제인지는 모르겠다.
유독 검었던 대문과 좀체 가시지 않던 열기만 기억한다.

그리고 어디에 둬야 할지 몰라 하던 손.

여자

어느 날 그가 사진을 한 장 보내왔다. 얇은 국방색 잠바를 입은 채 고개를 숙이고 기타를 치는 모습이었다. 여동생에게 보여주며 너무 멋지지 않냐고 물었다. 동생은 눈을 동그랗게 뜨며 대답했다.

"언니야, 미쳤나? 이게 뭐가 멋있노? 지금 이 모습으로 지하도에 앉아 있으면 사람들이 바로 동전을 던져주겠구만. 정신 차려라."

그 말을 듣고 나는 너무 속이 상해서 네가 사람 볼 줄을 몰라서 그런 거라며 눈을 흘겨줬다. 그는 사시사철 365일 똑같은 그 잠바를 입고 있었다. 봄에는 칙칙했고, 여름엔 더웠고, 가을바람을 막기엔 역부족이고, 겨울엔 낡은 소매 끝만큼 추워 보였다. 그가 주머니에 손을 넣고 걸으면 슬며시 내 손도 같이 넣어 깍지를 꼈다. 손가락 사이로 나누는 체온만으로도 바닷바람을 막는 데 충분했다.

손을 잡고 걷는 일이 많아지자 자연스레 입맞춤으로 이어졌지만 결코 자연스럽지 않았다. 책이나 영화에서 나오던 로맨틱하고 달콤하게 녹아내리는 장면은 다 개뿔이었다. 그렇지 않고서는 이렇게 떨리고 긴장할 일이 아니었다.

첫 키스의 추억은 이빨 부딪히는 소리만 남겼다.

남자

1987년. 여전히 겨울, 학교는 꽁꽁 얼어 있었다. 내가 다니는 학교인데, 마음대로 다니지 못했다. 교문이 닫혀 있거나, 경찰의 삼엄한 눈빛 아래 학생증을 보여줘야 했다. 교문이 열리는 날에는 강의실이 닫혔다. 시위는 끊임없이 이어졌다. 최루탄 연기가 가실 즈음에 학생들은 다시 모여 스크럼을 짰다. 틈틈이 서울 시내 곳곳에 나가서 소리치고 돌과 화염병을 던지고 잡혀갔다. 나는 꽁무니를 따라다녔다. 늦게 나타나고 빨리 사라졌다. 그런 뒤, 그녀에게 비장한 마음으로 편지를 썼다. 아수라장 같은 바깥에서는 떠돌다가, 그녀의 편지에서는 세상의 중심에 서 있었다. 세상만큼 나도 분열되고 있었다.

기숙사를 나와서 친구와 자취를 했다. 좀 더 자유롭게 지낼 줄 알았다. 그녀를 서울로 부르기도 좋을 줄 알았다. 하지만 그 자유는 친구들의 몫이었다. 술 마시다가, 또는 정처 없이 떠돌다가, 내 자취방에 와서 잤다. 누울 때는 혼자였는데, 일어나면 대여섯이었다.

교내 분위기가 험악해지자, 친구들이 자취방에 와서 화염병을 만들었다. 그 진한 냄새가 주인의 코를 피해갈 순 없었다. 게다가 친구들은 '안전한 배달'을 위해

어머니가 자취방에 남겨둔 가짜 구찌 가방을 징발해갔
다. 배달 담당 친구는 상황이 위험해지자 가방을 버리
고 도망갔다고 했다. 공들여 만든 화염병도 버려지고 가
방도 없어졌다. 날카로운 어머니의 눈매를 피할 수 없었
다. 그렇게 나의 짧디짧은 자취 생활은 끝났다. 마침 그
때, 이모가 시골에서 서울로 이사 왔다. 나도 이모집으
로 이사했다. 그녀는 내 자취방에 단 한 번도 와보지 못
했다.

결국 휴교령이 떨어졌다. 학교와 거리를 떠돌다가,
여름방학이 되기 전에 서둘러 부산으로 내려왔다. 여전
히 학교와 거리를 어슬렁거리다가, 그녀를 만났다. 더러
도서관에서 '성숙한' 연애를 하기도 했으나, 대부분 술
집과 찻집이었다. 술집에는 다른 친구들이 떼로 몰려왔
다. 물론 찻집은 어둡고 은밀했다. 어느 날, 바깥에 민주
주의가 왔다고 했다.

그녀의 손을 잡고 눈을 비비고 나가보니, 여름이 한
창이었다.

여자

그는 편지를 꾸준히도 썼다. 아침 일찍 도서관에 자리 잡고 앉아서 쓰고, 아르바이트를 하러 가는 길에도 짬이 나면 쓰고, 시위를 하는 날이면 부대끼는 하루의 끝을 붙잡고 술을 마시며 집으로 돌아와 깊은 새벽에도 썼다. 시를 쓰고 읽고 책을 탐독하는 시간만큼 깊어가는 허전함에 무기력감을 느낀다고도 썼다. 우리가 살아가야 할 참된 삶에 관해서도 썼다. 마르크스의 자본론 영어판 세 권을 3만 원에 샀다고도 썼다. 헤겔이 어쩌고 장자가 어쩌고도 썼다. 무슨 말인지 모르기는 매한가지였다. 그리고 잉크빛 활자 인생의 늪만 깊어진다고 했다.

그렇게 공들이고 성실하게 쓴 내용의 대부분을 이해 못 했고 오직 내가 보고 싶고 듣고 싶은 내용만 기억했다. 역설적이게도 그 덕분에 우리 관계가 많이 부대끼지 않고 나름의 결을 유지하지 않았나 싶다. 책을 읽어도 생기는 허전함과 무력감을, 좀 전에 널 보았는데 또 보고 싶다는 뜻인 양 내 맘대로 해석했으니 말이다. 그래서 그의 자작시가 차라리 나았다. 자의적인 해석이 무궁무진했으니까.

만난 지 딱 1년 만에 사랑한다는 말이 편지에 있었

다. 내용도 어렵고 가끔 휘갈겨 쓴 한자 때문에 무슨 단
어인지 찾느라 몇 번이나 흐름이 끊긴 그 모든 편지의
내용들이 그것 하나로 다 용서가 되었다.

　　사랑한다는 말은 그가 빠진 잉크빛 활자 인생의 늪
에 나도 함께 빠지게 만드는 주술 같은 단어였다.

남자

이제부터는 대통령을 선거를 통해 직접 뽑는다는 소식 끝에 빗줄기가 쏟아지고 장마가 왔다. 매섭던 최류탄 냄새도 빗물과 함께 하수구로 내려갔다. 하지만 곧장 사람들은 홍수를 걱정했다. 내 걱정은 따로 있었다. 그녀가 발코니 창문으로 들이닥친 빗물에 미끄러져 다리를 다쳤다. 뼈가 부러져 깁스를 해야 했다. 걷지 못하니 나를 보러 나오지도 못했다. 게다가 병원 가는 것도 쉽지 않았다. 결국 내가 그녀의 집으로 갔다. 돌봄의 천사 역할을 자처하고 나섰다.

그녀는 아파트 5층에 살고 있었다. 엘리베이터는 없었다. 오르내리는 것도 쉽지 않은 일이었는데, 나는 깁스를 한 그녀를 업고 병원에 가겠다고 선언했다. 그럭저럭 아파트 계단을 내려선 뒤 큰길까지 갔다. 힘든지는 몰랐다. 그녀의 몸에서 전해지는 온기와 촉감에 신경이 곤두서 있었다. 이마가 아니라 심장에서 땀이 나는 듯했다. 큰길에 도착하니 이제 육교를 건너야 했다. 그제서야 인간 육체의 무게를 깨닫기 시작했다. 진정한 사투는 그때부터였다. 습한 여름날 오후였을 것이다. 땀을 한껏 쏟아내면서 병원에 도착했다. 그녀를 내려놓고 나니 땀과 고통은 순식간에 사라지고 얼굴만 빨개졌다. 그녀의 체온을 처음 느낀 날이었다. 그녀는 예쁘고 가벼웠다.

마냥 좋은 것만은 아니었다. 풍성했던 머리칼을 쭈뼛 세우는 순간도 있었다. 그녀의 어머님은 본 적도 있고 전화통화를 한 적도 있었다. 이제는 그녀의 아버지를 마주해야 했다. 여느 경상도 사나이처럼 그도 말이 많진 않았다. "왔나?" 하며 짧게 인사를 건넨 뒤, "젊으니까 술은 잘 먹제?"라고 단언했다. 답할 틈도 없이 술상이 들어왔고, 소주병이 열리기 시작했다. 주시는 대로 받아먹을 수밖에 없는 처지였다. 술잔을 지켜야 연애를 지킬 수 있는 것 아닌가.

꾸역꾸역 받아먹었다. 취향이 아니라 '자발적 강제'인 것을 알아채지 못한 채, 그녀의 아버지는 내가 술고래라고 확신했다. 술잔에 끊임없이 술이 채워졌다. 바깥 장맛비처럼 술이 쏟아져 내렸다. 술잔이 비워질수록 내 기억도 아련히 비워졌다. 우리의 연애를 지켜야 하는데, 나의 위장은 이미 쿠데타 상태였다. 패배를 인정하고, 집에서 물러나야 했다. 다행히 그녀는 나를 따라 나왔다. 집 앞 바닷가를 비틀거리며, 그러나 같이 걸었다.

술 전투에는 패했지만, 나의 연애가 완전히 패배한 것은 아니었다.

여자

여름은 옷 가게의 세일과 함께 왔다. 시내의 할인점에서 파스텔 톤의 파란색 작은 꽃무늬가 있는 원피스를 샀다. 집에 와서 설레어 이리 입어보고 저리 입어보고 하는 와중에 비가 왔다. 집 안으로 들이치기 전에 베란다 문을 닫으러 가다가 이미 들이친 빗물에 쫄딱 미끄러졌다. 그러면서 문턱에 새끼발가락을 부딪쳐 그만 금이 가고 말았다. 한 달 동안 깁스를 해야 한다고 했다.

우리 집은 5층짜리 아파트의 꼭대기 층이었다. 엘리베이터가 없어서 다친 다리로 오르내리기가 여간 힘든 게 아니었는데 그가 흑기사를 자처하고 나타났다. 나를 업고 병원에 갔다. 5층 계단을 내려오고 큰길까지 걷고 마지막으로 육교를 넘었다. 깁스를 한 뒤에 다시 나를 업고 육교를 넘어 큰길을 지나 5층을 거슬러 올라왔다.

새 원피스와는 안녕을 고했지만 그의 등을 얻었다. 땀에 젖은 셔츠의 촉감조차 훈훈한 설렘으로 만드는 신상으로 말이다. 무겁고 힘들었을 노고는 스스로 자처했으니 그가 감당했겠지만, 나는 그저 그의 목에 팔을 두르고 등에 업히는 것만으로 충분히 행복했다.

1년을 넘게 사귀니 아버지도 그를 궁금해하셨다.

세상의 아버지들은 딸의 남자친구에게 대체 왜 그렇게 다짜고짜 술부터 먹이는 걸까? 주량이라면 자신 있다 했지만 그것도 사람 나름이지, 우리 아빠를 당해내기는 쉽지 않아 보였다. 불안불안했다. 역시나 주는 대로 마시더니 정신 좀 차리겠다고 바닷가까지 걸어와서는 어느 골목길에서 너무 괴로워하며 토하고 말았다.

　세월이 지나도 변하지 않는 남자들이 벌이는 이 어리석은 기싸움의 승리자는 결국 내가 되었다.

남자

학교는 여전히 시끄러웠다. 누구는 민주주의가 왔다고 하고, 누구는 가짜 민주주의에 현혹되지 말라고 했다. 학교 뒷산으로 단풍이 번져갈 때, 대통령 선거의 열기가 순식간에 학교 광장과 거리에 퍼져나갔다. 지난여름에 뜨겁게 뭉쳤다가 지금은 싸늘하게 갈라졌다. 하는 말은 온통 달랐지만, 나는 듣는 말마다 고개를 끄덕였다. 학교 위로 펼쳐진 하늘도 그때 처음 보았다. 아, 저토록 눈부시게 시린 파란 하늘. 하지만 그녀는 그 하늘 뒤편 어딘가에 있었다.

궁금한 것은 여전히 많았다. 닥치는 대로 읽고 토론하고, 틈만 나면 술집으로 스며들었다. 우리처럼 고뇌하는 이들에게는 무한대의 방탕과 방황이 허용된다는 듯이, 마시고 떠들고 노래했다. 또는 마치 전쟁터에서 큰일을 이루고 돌아온 병사처럼 정착하지 못하고 떠다녔다. 그럴 수밖에 없었는지, 그래도 된다고 생각한 것인지는 모르겠다. 가끔 정신이 번쩍 드는 날에는 그녀에게 편지를 썼다. 여전히 신열에 시달렸지만, 펜 끝은 조금 부드러워졌다. 안부를 묻고 그리움을 전하는 일이 편해졌다. 무려 2년이 걸렸다.

그만큼 아둔했다.

여자

사귄 지 2년이 지나고 나니 그의 편지 내용이 좀 부드러워졌다. 내가 알아들을 수 있는 말이 많아졌다는 얘기다. **시간이 지나니** 사랑의 애틋함을 넘어 그리움도 사무쳤다. 어떤 날은 열심히 사랑하고 그리워하고 또 실천하는 일이 가장 아름다운 가치인 것 같다고 했다. 그리고 어떤 날은 삶은 치열해야 하며 투쟁해야 한다고 했다.

치열하게 그리워하고 사랑을 실천해보기로 했다. 그래서 우리는 여행을 갔다.

남자

둘이서 여행을 갔다. 누가 제안했는지는 모르겠다. 물론 따질 일은 아니다. 정확한 경로도 생각나지 않는다. 나는 서울에서 오고, 그녀는 부산에서 왔다. 대구 어디쯤에서 만났을까. 거기서 시외버스를 타고 주왕산으로 갔다. 어색하게 휘어진 길을 따라 달리는 버스 안에서 우리도 한참 어색했다. 나란히 앉은 지금 이 순간 때문이 아니라, 이 순간 다음으로 이어질 일에 대한 상상과 걱정 때문이었다. 버스 앞에 놓인 길만 말없이 바라보았다.

우리는 주왕산 입구 근처 허름한 여관에 자리 잡고 앉았다. 여관 앞으로는 사람들이 밀물처럼 몰려왔다가 썰물처럼 밀려났다. 그때마다 우리는 누가 혹시 볼세라 쑥스러워했다. 계곡에 잠시 발을 담갔지만, 바닥에 깔린 주먹만 한 돌멩이들은 미끄러웠다. 넘어지고 또 넘어졌다. 《동백꽃》의 소년과 점순이처럼 빨간 꽃봉이가 되어 달아올랐다. 그 뒤로 해가 졌다.

아직 가을은 먼데, 젊은 잎들이 서둘러 엉기며 수줍게 타오르는 것을 보았다.

여자

분명 산으로 갔는데 산에 대한 기억은 없다. 마을 언저리 여관방의 낡은 TV에서 나오는 9시 뉴스 화면만 떠오른다. 방은 제법 넓었고 이불은 터무니없이 작았다. 복도 끝 공용 화장실로 가는 길은 도무지 하루 안에 닿을 것 같지 않게 길게 느껴졌다. 그 길을 밤새 들락거렸다. 이제 우리의 사랑은 불완전한 감정만으로는 해결되는 문제가 아닌 삶의 문제가 되었다고 했다.

모든 것이 잘되리라 함께 믿었다.

남자

친구가 죽었다. 대학 진학을 진작 포기하고 선원이 되어 돈 벌겠다고 바다로 나갔다가 첫 항해에 배와 함께 사라졌다. 죽음을 확인하지 못했으니, 여전히 '실종' 상태다. 아직까지 오지 않았으니, 영영 오지 못할 것이다.

못살아도 정말 못살았다. 그런데 저렇게 가버렸으니, 친구들은 모두 모여서 같이 슬퍼했다. 슬픔보다는 미안함이 컸다. 부산역 옆에 있던 선박회사에 모여서 술을 마시다가 화를 냈다가 쓰러져 잤다. 그러다가 사태의 앞뒤를 따져보게 되었다. 유족들이 점거하다시피 한 사무실에서 자료도 찾아내어 살폈다. 대학생 친구들이 나섰다. 그리고 그 친구가 탔던 배는 고장투성이의 고철 덩어리였다는 것을 알았다. 예정된 죽음의 항로였다.

미안함이 분노로 바뀌었다. 분향소는 농성장이 되었다. 나도 학교를 자체적으로 휴강하고 내려와 농성장에 자리 잡았다. 부산역 광장 옆으로 수십 미터에 달하는 플래카드도 내달았다. 여전히 살벌했던 때라 그렇게 큰 플래카드를 만들 만한 광목을 구하기는 어려웠다. 그녀가 친구의 가게에 가서 몰래 얻어 왔다.

올림픽이 한창이었다. 친구의 죽음에 사회적 관심을 얻기는 힘들었다. 지역신문에 몇 줄 나고 말았다. 서울에 올라와 길거리에 앉아도 보았다. 서울 본사 사무소를 어지럽게 한 것 말고 큰 소득은 없었다. 검찰이 수사에 착수했다는 소식은 들렸지만, 모든 것이 더디고 불투명했다.

결국 유족은 참지 못하고 해양청에 몰려갔다. 원래는 청사 앞에서 시위할 예정이었는데, 지칠 대로 지친 유족은 건물 안으로 들어갔다. 부랴부랴 따라 올라가 보니, 청장실은 엉망이 되었고 청장도 멱살 잡혀 혼비백산 상태였다. 바깥으로는 경찰이 몰려왔다. 그럭저럭 수습해서 유족들과 나오니 경찰이 바깥에서 기다리고 있었다. 유족들만 데리고 간다고 해서 나와 친구 몇몇이 동반하기로 했다. 그런데 막상 가서 보니, 경찰은 대학생들만 째려보고 있었다.

다음 날 분향소로 경찰이 다시 찾아왔다. 어제 보았던 형사가 "경찰이 곧 잡으러 올 테니 빨리 도망가라"고 했다. 놀란 마음에 그녀와 서둘러 그곳을 빠져나왔다. 다른 친구들도 비슷한 상황일 테니 알려줘야 한다는 생각을 못 했다. 어리석고 이기적이었다. 나보다 더 놀란 그녀를 잠시 달래고 나는 서울로 갔다. 이미 서울 이모 집으로 형사가 다녀갔다. 당시 군인이었던 아버지 친구 집에 숨었다. 그 집 아이들 공부를 도와주며, 몇 달을 그렇게 움츠리며 지냈다.

그러는 사이, 친구 몇몇은 구속되고 재판받았다. 나만 피했던 것이다. 일이 정리되고 나서, 나도 자수하고 재판받았다. 법정에서 나는 끝까지 잘못한 것이 없고 또 그런 일이 생겨도 똑같이 했을 것이라고 자신만만하게 말했다. 배짱이 두둑해서가 아니라 억울하고 화가 났기 때문이다. 판사는 피식거리며 판결을 내렸다. 선고유예. 그게 무슨 뜻인지도 모르고, 서둘러 법정을 나왔다. 그녀도 말없이 따라 나왔다.

결국 죽은 친구를 위해 제대로 한 것은 없고, 살아 있는 친구들은 나보다 큰 고생을 했다. 그때 기억은 아직도 찌르듯이 아프다. 그 시절로 돌아가면 더 잘할 수 있을 텐데 하면서도, 나는 이제 그 시절로 돌아갈 자신은 없다. 서글프고 무기력하고 부끄러운 시절이었다. 그녀가 토닥거려 주지 않았으면, 더 서러웠을 시간이었다. 늘 별것 없고 별일 없다는 표정이었다.

흔들리는 세상에도 흔들리지 않는 것이 있다.

여자

가끔 그는 지나가는 말로 '너희 친구들은 다들 유복해 보인다'고 했다. 그러면 '아니, 네 친구들이 너무 못살아서 상대적으로 유복해 보이는 거야'라고 말해줬다.

그렇다. 그의 친구들은 진짜 다 못살았다. 그중 한 친구는 형편상 진학을 포기하고 가족의 생계를 위해 배를 타고 먼바다로 나갔다. 집에서 아버지와 뉴스를 보는데 어디서 들어본 선박이 바다 한가운데서 조난을 당했다는 소식이 나왔다. 함께 화면에 뜨는 실종자 명단에 그 친구의 이름이 있었다.

친구의 어머님은 편찮으셨고 동생들은 어렸다. 친구들이 모여 다른 실종자 가족들과 선박회사를 상대로 진상규명을 요구했다. 학교와 집을 오가는 사이에 나도 열심히 가서 아무 일이나 거들었다. 경찰도 미처 조사하지 못하는 내용들을 하나씩 밝혀내어 부산역 광장에서 악덕 선주의 횡포를 알리는 유인물을 나눠주기도 했다. 친구의 억울함을 밝히기 위해 모였는데, 대학생들이 많다 보니 무슨 배후 세력이 있는 줄 알고 경찰이 신경을 곤두세우던 시절이었다.

건물 바깥에 플래카드를 내걸어야 했는데, 광목을 구할 수 없었다. 마침 내 친구네가 포목상을 해서 부탁해 놓았었다. 영문을 모르던 친구는 광목이 구해졌다며 우리 집으로 전화를 했다. 눈치 빠른 형사 아버지에게 들켜 혼이 났다.

그 친구는 끝내 살아 돌아오지 못했고 항만청에 항의 시위를 하러 갔던 많은 친구들이 고생을 했다. 그도 한동안 숨어 지내야만 했다.

슬퍼하기만도 버거운데 무기력해하고 서러워하는 그의 등을 안아주는 것 말고는 해줄 수 있는 게 없었다. 지금까지도 1년에 한 번씩 추석 즈음에 모여 먼바다에 혼자 있을 친구를 위해 다 같이 술 한 잔을 올린다.

마음의 유복함이 넘치는 친구들이었다.

남자

대학 졸업반 시절은 바쁘고 평안했다. 대학 공부를
제대로 하지 않았으니 대학원에 가기로 했다. 도서관에
서 하릴없이 공부했다. 가끔씩 도서관 앞에 있는 우체국
앞 의자에 앉아서 그녀에게 엽서를 썼다. 결코 서두르지
않고 엽서를 작고 또렷한 글씨로 채웠다. 가장 번잡하고
시끄러운 곳에서 나는 평화로웠다.

또 가끔씩 구미에서 만났다. 서울과 부산의 중간 어
디쯤에서 보자고 했는데, 간단한 산수를 해보니 거기가
바로 구미였다. 연고도 없는 곳이고 갈 만한 곳도 없었
다. 밥 먹고 얘기하고 서로 기대어 있다가 따로 떠났다.
늘 구미역에서 그녀를 보냈다. 짧고 무심하게 몇 번 손
을 흔들었다. 그녀가 떠나고 나면, 그녀가 보이지 않는
곳에서 다시 아주 길게 손을 흔들었다.

나는 때로는 기차, 때로는 버스를 탔다. 버스가 더
좋았다. 그녀를 만나고 난 후에는 어스름한 불빛 밑에
혼자 있는 것이 좋았다. 환하고 번잡스러운 기차 안에서
는 만남의 기억이 금방 부스러지기 때문이다. 밤늦게 도
착하면, 서울은 늘 추웠다.

그녀는 늘 내 체온을 빼앗아 갔다. 무덥던 여름밤도
홀로 싸늘했다.

여자

편지를 아무리 자주 주고받고 방학 때마다 만난다
해도 장거리 연애는 처음부터 쉬운 게 아니었다. 사랑이
깊어갈수록 채워지지 않는 무언가에 더 목말라했다. 아
르바이트와 대학원 준비 공부를 하는 그에게 매번 부산
으로 내려오라고 떼를 쓸 수만은 없었다. 이런 연애를
언제까지 해야 하는 거냐고 짜증도 많이 냈다. 숱하게
울기도 했고 헤어지고 싶다며 마음에 없는 어깃장을 놓
기도 했다.

고민 끝에 구미에서 만나기로 했다. 내가 두 시간을
올라가고 그가 세 시간을 내려오면 만날 수 있었다. 그
렇게라도 얼굴을 보는 날에는 더 애달파했고, 그는 항상
말없이 안아줬다. 다음에 만날 그날까지 버티게 해주는
그 온기를 꼭 기억하고 헤어졌다.

그렇게 나는 그의 온기를 가져왔다.

남자

무사히 대학원에 합격했다. 이렇게 시험운이 좋다. 하지만 딱 거기까지만이었다. 전두환이 자기 자식을 위해 만들었다는 석사장교제도는 제 아들의 제대와 함께 중단되었다. 당연한 일이었지만, 하필 그 제도가 우리 때부터 적용되지 않았다. 그렇게 욕해대던 허접한 제도가 갑자기 아쉬워졌다. 나는 나의 갈대 같은 마음을 절대 믿지 않는다.

군대부터 다녀오기로 했다. 게다가 방위 판정을 받았으니, 홀가분한 마음으로 결정했다. 그녀가 있는 곳으로 가서 출퇴근하는 방위, 나쁘지 않았다. 다시 부산으로 내려왔다. 해운대 뒤편에는 장산이라는 산이 있다. 장산의 중턱에서 3주 훈련을 받았다. 기억하고 싶지 않은 것이 많아서일까. 기억은 흐리다. 하지만 저 멀리 해운대와 광안리에서 빛나던 불빛은 지금도 또렷하다. 작은 점으로 모여 반짝이던 불빛을 보며 편지를 썼다. 저곳 광안리에 그녀는 살고 있었다. 모든 반짝이는 것은 간절하다. 그때 알았다.

훈련소를 마치고 근무처를 배정받았다. 은근히 학벌을 믿고 행정병 정도가 될 줄 알았는데, 전투기동대로 배치되었다. 오만함은 쉽게 배반당한다.

바닷가 산등성이에 있는 부대에 가니, 부대원들은 모두 깡패처럼 생겼다. 내무반에 들어가자 전투모와 온갖 집기가 내 머리 위로 날아다녔다. 학력을 묻기에 대답했더니, 그러면 "나는 이건희다"라는 식이었다. 매일 총칼로 시위진압훈련을 했다. 내 임무는 "유사시에" 부산 MBC 주조정실을 장악하는 것이었다. 몸도 힘들고 마음도 더 힘들었다. 이렇게 버틸 수 있을까 싶었다. 겨우 퇴근하고 그녀를 만나면, '네가 상헌이 맞아?' 하는 표정이었다.

바닥에 기어다니는 개미에게도 촉각을 세우고 있던 어느 날, 내부반에서 가장 인상이 험악한 최선임자가 내게 왔다. 그는 평소 내무반에 껌딱지처럼 누워 있으니, 내가 온 지가 한참 되었는데도 서로 얼굴을 볼 기회가 없었다. 일촉즉발. 나더러 밖으로 나오라고 한다. 연병장 구석에 있는 음습한 건물 뒤로 오라고 한다. 망했다. 마음이 무너지면 다리도 휘청거린다.

겨우 걸어갔다. 갔더니, 그 인상파 선임이 다짜고짜 묻는다. "니, 봉래초등학교 다니던 상헌이제?" 눈을 마주치지도 못하고 "이병 이상헌, 네 그렇습니다"고 대답했다. "니, 내 모르겠나. 내다!" 그제서야 누군지 알았다. 유명한 말썽쟁이였다. 나를 늘 짠하게 만드는 아이였다.

서울 어디론가 가출한다고 했을 때, 나에게 잠시 들렀다. 주머니에 있는 돈을 다 내어줬다. 그러고는 못 봤다.

그를 다시 만나자, 방위 생활에 서광이 들었다. 학벌보다 주먹이 더 중요한 곳에서 '한 주먹' 하는 친구가 있었으니, 갑자기 '열외'의 길이 열렸다. 부대 바깥 술집에도 그를 따라다녔다. 그 친구가 가면 주위가 갈라져 길이 열렸고, 술잔이 놓이고 안주가 따라왔다. 그녀와도 동창이니, 더러 같이 어울리기도 했다. 세 사람이 주말에 동물원에 같이 간 적도 있다.

동물원이라니, 이해가 되지 않는다.

여자

그는 대학원에 합격하고 군대를 가기 위해 부산으로 왔고, 나는 학교를 졸업하고 작은 무역회사에 부사장 겸 비서 겸 사환으로 일했다. 그는 조국을 위해 목숨 바치는 군인도 아니고 엊그제까지 참여하던 시위대를 총칼로 진압하는 전투방위가 되어 훈련을 받게 된 것이다. 그 성정에 그런 훈련이 얼마나 몸과 마음을 힘들게 했을지는 퇴근한 후의 얼굴에 고스란히 남아 있었다.

그가 훈련으로 몸 고생, 마음고생을 하건 말건 나는 자주 볼 수 있으니 그저 좋기만 했다.

4장 헤어지지 않기

남자

방위 근무를 마치고 서울로 다시 가야 했다. 대학원 생활이 기다리고 있었다. 또다시 장거리 연애의 시작. 익숙한 일인데, 더 무겁고 힘들었다. 감정이 깊어진 탓도 있고, 주위 상황도 변했기 때문이다. 탄탄하게 쌓여가는 연애의 감정에 현실의 무게가 더해졌다. 그녀는 졸업해서 직장생활을 하고 있었고, 나는 여전히 갈 길이 먼 학생이었다.

서울에 가기 전에, 그녀의 어머님이 나를 불렀다. 늘 그랬듯이, 깔끔하고 맛깔나는 음식을 준비해 두셨다. 잘 먹고 일어나려니, 잠시 앉아 보라고 한다. 불길한 직감은 틀리지 않는다. 그녀의 어머니는 앞으로 어쩔 거냐고 묻는다. 내가 뭐라도 답을 해보려 하는데, 그녀의 어머니는 기다림 없이 결론을 내셨다. 당장 결혼하지 않을 거면, 헤어져라. 그녀의 친구들은 벌써 결혼했는데, 저 아이만 아직 저렇다고 한숨까지 쉬신다. 돌이켜보면, 전형적인 배수진 작전인데 나는 마치 최후통첩인 양 받아들였다. 당황하여 대꾸도 하지 못했다. 몇 번 '네, 네' 하다가 그녀의 집을 쫓겨나듯 나왔다. 그녀는 내게 너무 미안해했는데, 나는 그녀에게 너무 미안했다.

서울로 가는 길은 멀었다.

여자

복무하는 당사자가 들으면 기겁을 하겠지만, 나에겐 1년 반 그의 방위 복무의 시간은 너무 짧았다. 부대 동기들과 동물원에 한 번 간 것밖에 기억이 안 나는데 벌써 제대할 시간이 온 거다. 그는 다시 대학원 진학을 위해 서울로 가야 했다. 또다시 헤어져 있어야 된다고 생각하니 제대가 그렇게 반갑지 않았다.

그사이 내 친구들 몇몇은 벌써 결혼을 했고 누구는 혼담이 오가기도 하고 열심히 선을 보기도 했다. 그런 소식이 들릴수록 부모님의 걱정은 깊어지셨고 혼기가 꽉 찬 딸의 연애를 바라보는 눈은 곱지 않으셨다.

그의 집에서는 나를 예쁘게 봐주셨지만 아직 아들이 학업도 마치지 않았으니 결혼을 전혀 생각지도 않으셨다. 게다가 어머님이 스무 살에 첫아들을 보셔서 이제 사십 대 중반이 되셨다. 며느리를 본다는 게 상상이 안 되셨을 법도 하다.

그의 집은 느긋했고 우리 집은 조급했다.

남자

다시 이모 집으로 들어갔다. 제법 바쁜 일상이었다. 학교에서는 배우고, 학교 바깥에서는 가르쳤다. 과외 선생 노릇을 하면서 생활비를 벌었다. 틈틈이 서울과 부산 중간 어디선가 그녀를 만났다. 밥 먹고 차 마시고 돌아다니는 것이 전부였지만, 미래에 대한 얘기가 늘어났다. 뭘 할 것인지, 우린 어떻게 되는 것인지. 뚜렷한 답이 없는 일들을 얘기하다 오면, 긴 그리움의 끝에 조그마한 돌멩이 하나를 끌고 온 것 같았다. 그녀가 보고 싶다는 생각 끝에는 한숨이 따라왔다.

학교 생활은 축복이었다. 평생의 은사인 김수행 선생님이 계셨고, 좋아하는 친구들과 우러러보는 선배들과 같은 연구실에서 지냈다. 같이 공부하고 밥 먹고 술 먹고, 심심하면 우유팩을 찼다. 우유를 비워낸 종이팩에 바람을 넣어서 마치 재기처럼 주거니 받거니 찼다. 연결해서 몇 번이나 차는지 큰소리 내서 세었다. 딱히 운동이 되는 것도 아니고 그렇다고 재미있는 것도 아니었다. 하지만 갑자기 불확실해지고 허접해진 삶을 차버리기에는 이만한 놀이도 없었다. 학교에서 하지 말라는데도, 우리는 열심히 뻥뻥 차대었다. 수위 아저씨만 안절부절 못했다.

그녀에 대해서 물어보는 사람들이 많았다. 더러 만나본 친구도 있었다. 나더러 의외로 미모를 밝힌다고 하고, 여자가 아깝다는 말도 많았다. 그녀가 아깝다는 말은 맞다. 하지만 의외로 미모를 밝히다니. 저 어리석은 자들의 눈에는 미모만 보였나 보다. 미모 뒤에 감춰진 미모를 모르다니. 내 친구들은 이렇게 가끔 나를 '실망'시켰다. 설명이 안 되는 일이니, 그냥 듣고 말았다.

그녀가 내게 과분하다는 말, 나는 그 말이 좋았다.

여자

내 친구들은 내가 당연히 그와 결혼한다고 생각했
다. 나도 막연히 언젠가는 그렇게 되겠지 했다. 사랑한
다고 모두 **결혼으로** 이어지는 것은 아닌데 말이다. 불안
했지만 결론은 늘 낙천적이었다. 그만큼 서로에 대한 신
뢰가 컸다.

그는 인간에 대한 배려와 예의가 몸에 배어 있는 사
람이었다. 누구보다 따뜻한 눈으로 주변 사람들을 바라
보았고, 진심으로 말을 걸었다. 특별히 나에겐 항상 기
댈 수 있도록 어깨를 내어주었고, 기꺼이 품으로 보듬어
주었다. 논리라고는 병아리 눈물만큼도 없는 억지 투정
을 받아주고 기다려준 사람이었다. 무엇보다 나를 진심
으로 아껴주었다. 사귐이 길어져 자연스레 결혼까지 연
결되었지만 이런 사람이면 평생 사랑하고 존경할 수 있
겠다 싶었다. 단지, 유머가 좀 많이 부족했지만 그건 내
가 메꾸면 되었다. 그가 많이 곤란했겠으나 마냥 두고
볼 수만은 없었던 우리 집의 압력이 그리 싫지만은 않았
다.

나도 어서 그와 결혼하고 싶었다.

남자

드디어 최후통첩이 떨어졌다. 그녀의 집에서 "결혼이냐, 결별이냐" 둘 중 하나를 선택하라고 했다. 여전히 웃으면서 건네는 말이었지만, 그녀가 자못 심각해졌다. 나는 덩달아 심각해졌다.

아버지가 서울에 오셨다. 며칠 지내다가 기차 타러 서울역으로 갔다. 나도 뒤따랐다. 서둘렀던 탓에 출발시간까지는 여유가 있었다. 시끌벅적한 역 구석 찻집에 잠시 자리를 잡아 앉았다. 아버지에게 말했다. "아버지, 저 결혼해야겠습니다." 아버지는 잠시 당황하는 듯하시더니, 곧장 물었다. "누구랑?" 알면서도 물은 것은 당신이 전혀 준비되지 않았다는 뜻이다. 그 순간, 갈 길이 멀다는 것을 알았다. 다행히도 "뭘 먹고 살라꼬?"라고 묻지는 않으셨다. 최악은 아닌 것이다.

선전포고는 했고, 그다음에는 밀어붙였다. 정확히 말하자면, 내가 고집불통이라는 것을 부모님이 익히 아시고 일부러 져준 것이다. 내가 언제 이긴 적이 있는가. 항상 어머니 아버지가 내게 자리를 내어주었다. 그 빈자리를 차지하고 마치 내가 쟁취한 것인 양 여긴 것이 나의 초라한 승리의 역사일 뿐.

그걸 이제서야 안다.

여자

그를 알고 지낸 이후로 부모님의 뜻에 크게 반항하는 걸 본 것이 딱 두 번이었다. 하나는 법대에 진학하지 않은 것이고, 둘째는 나와의 결혼을 밀어붙인 일이다. 보통 고집쟁이가 아니라는 건 대입 원서 쓸 때 짐작은 했지만, 한번 마음먹고 굳게 결심을 하면 부모님도 당해낼 재간이 없으셨다. 그의 고집과 뚝심 덕분에 우리는 결혼을 허락받았다.

허락만 받으면 꽃길만 걸을 줄 알았는데 결혼을 준비하는 과정은 녹록지 않았다.

남자

이제 결혼이다. 그렇게 생각했는데, 착각이었다. 결혼을 향한 긴 여정의 시작일 뿐이었다.

그녀가 울먹이며 전화했다. 예상된 일이었다. 나를 너무나 사랑하고 자랑스러워했던 친척과 이웃들은 내가 '대단한' 가문의 여식과 결혼해야 한다는 종교적 믿음을 가지고 있었다. 그리고 그 '대단함'은 화폐 단위로 표현되는 것들이었다.

그런 말을 하지 말라고 해도, 네가 원하지 않아도 그런 여자들이 몰려올 것이라고 했다. 요즘 세상에 학력이 무슨 대수냐고 해도, 무슨 철딱지 없는 소리냐는 반응만 나왔다. 너는 착하고 품성까지 뛰어나서 '일반 고학력자'와는 다르다고 했다. 내가 공부하는 것이 별로 먹고사는 데 도움이 안 된다고 하면, 그럴수록 그런 여자와 결혼해야 한다고 했다. 못된 짓을 해서 재판까지 받은 사람을 누가 좋아하느냐고 하면, 그런 강직한 이미지가 여자들에게 어필한다는 답이 돌아왔다. 한마디로 그들의 마음은 넓고도 깊었고, 그들의 사랑에는 이유가 없었다.

그러니 그녀가 무슨 얘기를 어떻게 들었을지 뻔했다. 게다가 나는 그 무성한 말의 늪에 그녀를 혼자 두고 서울에서 안녕했다. 그녀는 구체적인 얘기를 전하지 않았다. 꼭꼭 눌러 담은 그녀의 말에서 수백만 가지 상황을 짐작했다. 그중 가장 나쁜 상황을 그녀가 지금 겪고 있다고 생각하면 얼추 맞았다.

위로는커녕, 건넬 말도 찾지 못했다. 속상하고 답답한 마음에 위스키 조니 워커를 열었다. 나를 너무나도 사랑해서 그녀를 무한정 괴롭히고 있을 누군가가 선물로 준 술이었다. 한 잔 두 잔 마시다가 취했다. 그리고 그녀에게 전화를 했는데, 기억은 없다. 속이 불타면 연기가 나고 그것이 언어로 쏟아져 나온다는 것을 그때 알았다. 술을 버티지 못하면서도 한동안 위스키를 격정적으로 사랑했었다.

한심하고 무책임했다.

여자

의욕만 앞서고 준비는 덜 된 우리였기에 결혼 준비
는 어른들의 몫이었다. 다분히 속물적이고 적당히 현실
적인 '거래'가 오고 갔고 가끔은 다 때려치울까 싶을 정
도로 짜증이 날 때도 있었지만 그런대로 지나갔다. 때로
는 TV에서나 보던 〈그것이 알고 싶다〉와 〈세상에 이런
일이〉의 실사판을 경험하기도 했다.

그는 집안에서도 똑똑하고 반듯해서 칭찬을 많이
듣는 편이었는지 친척들로부터 사랑과 관심을 많이 받
았다. 나와 결혼을 한다고 했더니 주변에서 한마디씩 거
들었다. "상헌이는 똥도 아까운데 저 여우가 꼬셨다"라
고 말이다. 그래, 우리 아버지는 애가 토하고 쓰러질 때
까지 술도 먹였는데 그까짓 여우 소리가 무슨 대수냐 하
다가도 갑자기 열 받아서 그에게 전화로 서러움을 토로
하며 운 적도 많았다.

그래도 천만다행이었다. 내가 생선을 굽다가 태우
면 자기가 그랬다고 말하겠다는 열세 살 어린 귀여운 시
동생이 있었고, 물기 있는 감자를 끓는 기름 솥에 넣었
다가 부엌 전체에 기름 폭탄이 터졌을 때도 괜찮다고 오
히려 침착하게 나를 위로하며 기름을 닦던 착한 시누이
가 둘이나 있었다. 그거면 충분했다. 그 외 사람들이야

뭐 1년에 몇 번 보는 것도 아니니까 신경 쓸 것도 없었다.

결혼을 준비하는 과정은 주변 현실의 민낯을 가감 없이 드러냈다. 우리가 모두 끌어안아야 할 몫이었고 감당해야만 했다.

남자

그녀는 잘 버텨주었다. 결혼 준비는 예정대로 진행
되었다. 돈 한 푼 없는 학생이 결혼한다고 했으니, 전셋
집 마련부터 결혼식까지 모두 부모의 몫이 되었다. 그때
평생의 빚을 졌고, 지금도 근근이 갚고 있다. 그녀의 어
머님도 부지런하고 꼼꼼하셨다. 부엌살림과 가구를 꼼
꼼하게 챙겼다. '어이없는' 결혼식이지만, 양가 부모는
남의 눈에 나지 않도록 '그럴듯한' 결혼식이길 바랬다.

신혼집은 사당 사거리 쪽에 마련했다. 이모 집 근처
였다. 새 가구를 들이고 새 사람을 기다리는 새집에 친
구들이 먼저 들이닥쳤다. 술 먹으러 오고, 잘 데가 없어
서 오고, 그냥 심심해서 왔다. 세상의 법도를 멀리하는
친구들 서너 명이 하루가 멀다 하고 와서 머물렀으니,
새집은 이미 엉망이었다.

그들은 내 결혼에 별 감흥이 없었다. 세상에는 두
가지 종류의 결혼이 있으니, 첫째가 사랑이 아름답게 빚
어낸 결혼이요, 둘째가 몹쓸 세월이 얽어낸 의무감으로
하는 결혼인데, 너네 결혼은 두 번째에 해당한다. 그러
니 축복이 아니라 위로를 해야 한다. 친구들은 이런 하
해같이 넓은 마음으로 매일 나를 위해 위로잔치를 열었
다. 정작 당사자인 나는 위로받지 못하고, 아침마다 한

숨 쉬며 설거지하고 청소했다. 조그마한 발코니에 술병만 쌓여갔다. 그 흔한 화분 하나 가져다둘 생각은 못 하고, 술병을 치울 엄두도 내지 못했다. 이 아찔한 상황을 그녀가 보지 못했다는 것이 유일한 위안이었다.

　변명의 여지가 없으니, '건전한' 총각파티였다고 우기는 수밖에.

여자

그의 부모님의 도움으로 서울 사당 사거리 근처에 전셋집을 구했다. 신혼집에 가구를 넣기 위해서 엄마와 이모가 함께 가구점을 둘러보았다. 그 당시 유행이었던 보르네오사의 하얗고 모던한 하이그로시 가구를 내가 고르자 두 분이 결사반대를 했다. 흰 가구는 조만간 누렇게 변색될 것이며 분명히 유행을 탈 거라고 했다. 그리고는 완전 중년 취향의 고동색 가구를 보더니 디자인이 점잖고 오래 써도 질리지 않겠다고 하시면서 은근히 압력을 주셨다. 부모님 지갑에서는 돈만 나오는 게 아니라 취향도 함께 나왔다. '부모 찬스'가 좋은 것만은 아니었다. 덕분에 신혼방은 고전적이고 중후했다.

그렇게 살림살이를 하나씩 채워 넣은 후 결혼식을 올리기 전까지 나는 부산에 머물렀고 그는 그 집에서 먼저 생활을 시작했다. 매일 술 친구들이 찾아왔다고 했다. 친구들 중에서 그가 비교적 일찍 결혼하는 터라 독신 친구들이 놀고 가기엔 교통도 잠자리도 최고의 장소가 아닐 수 없었다.

아마 이때부터 시작이었나 보다. 그 이후로 지금까지 우리 집에는 손님이 끊긴 적이 없다.

다시, 여자

드디어 함이 왔다. 아파트 입구에서부터 오징어 탈을 쓴 함잡이와 친구들의 "함 사세요" 하는 소리들로 시끌벅적했다. 동네 사람들이 다 나와서 구경하고 나도 아파트 베란다 너머로 고개를 삐죽이 내밀고 수줍은 줄도 모르고 웃음을 지었다.

한 걸음 옮길 때마다 봉투를 뜯어가는 바람잡이들은 순전히 입으로만 일을 했고 정작 5층까지 계단으로 함을 지고 오른 친구는 초죽음이 되어 있었다. 내용물이 가득 들어 있기도 했지만 나무로 만든 함 자체가 너무 무거웠기 때문이다. 무사히 신부 집으로 들어왔고 잔치가 벌어졌다.

거실에는 함잡이들에게 대접할 음식이 가득 차려져 있었다. 그의 친구들은 아버지가 따라주는 술을 열심히 마셔댔고 그날 함을 판 돈으로 밤새 술을 마셨다. 누구는 다음 날 아침에 깨어보니 술집 화장실이었다고 했다.

여자들은 함을 중심으로 둘러앉아 물건들을 하나씩 꺼내 보며 열심히 품평을 해댔다. 예물로 받은 반지를 보면서 팔순을 바라보시던 외할머니께서 말씀하셨다. "어, 디자인이 내 거랑 똑같네!" 그렇다. 시댁 부모

찬스로 마련한 예물 반지 역시 시어머님 취향이었다. 덕분에 반지는 이십 대부터 팔십 대까지 세대를 아우르는 디자인이었다. 돌이켜보면 결혼 준비를 하는 동안 이날이 가장 즐거웠다.

　말 그대로 잔치였다.

남자

결혼식은 12월이었다. '우연히' 다시 만난 것도 12월이었고, 이 우연을 필연의 매듭으로 만드는 것도 당연히 12월이어야 했다. 지금 생각해보니 그렇다는 뜻이고, 결혼할 당시에는 아무 생각도 없었다. 빨리 끝나기만 바랐다.

하필 그날은 대통령 선거 다음 날이었다. 김영삼이 대통령으로 선출되었다. 부산 사람들은 김대중을 이겼다고 난리였다. 넌 누구 찍었냐고 물어보지도 않고, 주위 사람들은 "상헌아, 너무너무 잘됐다"고 축하해주었다. 억울했지만, 결혼하는 날. 누굴 잡고 따질 수 있는 날은 아니었다.

주례는 김수행 선생이 맡아주셨다. 마르크스 경제학을 하시는 '무시무시한' 사람이라는 것을 아는 사람은 다 알았다. 게다가 결혼식에 온 장인어른의 직장 동료들은 이 분야에서 둘째가라면 서러워하실 분들이었다. 모두 정보과 형사들이었다. 더러 대학을 담당하시는 분도 있었다. 우리가 주례 선생님을 이렇게 모시겠다고 했을 때 장인어른은 별말씀을 하지 않으셨다. 장인어른은 운동권은 100퍼센트 정치를 한다고 굳게 믿으셨다. 나는 그런 말씀 말라고 잠깐 항변한 적이 있다. 운동권도 아닌 내가 변호를 자처하고 나서니, 장인어른은 어이없어하시더니 "그래, 니만 정치 안 하면 된다"고 짧게 한마디 하셨다. 이래저래 신경이 쓰였다.

그보다 더 큰 문제는 나 자신이었다. 불안하고 초조해서 서 있기도 힘들었다. 게다가 곧 아내가 될 그녀는 화장하고 흰 드레스를 입고 나니 황홀하게 눈부셨다. 그걸 보니 좋고 감동적인데, 내 다리는 느닷없이 후들거렸다. 식장 입구에서 웃으며 인사도 열심히 했건만, 누가 왔는지 기억조차 나지 않는다. 얼굴과 이름을 기억해낸 것은 오로지 결혼사진 덕분이다.

결혼식은 시작되었는데, 내 마음과 다리는 진정되지 않았다. 식장으로 걸어들어가서 주례 선생님 앞에 섰고 옆으로 그녀가 환하게 다가왔는데, 내 머릿속은 하얘지고 다리는 주체할 수 없을 만큼 흔들렸다. 오스카 와일드가 그랬던가. "남자는 지쳐서 결혼하고 여자는 궁금해서 결혼하는데, 결국에는 둘 다 실망한다." 그래, 나는 지쳤다. 실망해도 좋으니, 이 망할 결혼식만 빨리 끝내달라고 빌었다.

그 와중에, 그녀는 또 왜 이리 아름다운 것인가. 여기가 바로 늪이로다.

다시, 남자

주례사가 시작되었다. 담대하신 주례 선생님의 거침없는 주례사. 침을 꿀꺽 삼켰다. 행여나 하는 마음에, 차마 주례 선생님의 얼굴을 보지 못했다.

"부산 시민 여러분, 김영삼 대통령의 당선을 축하드립니다." 주례사는 이렇게 시작되었다. 깜짝 놀랐다. 하객들의 반응이 폭발적이었다. 역시 배운 사람은 다르네, 어찌 저리 똑 부러지는 말만 할꼬, 지금 보니 주례 선생이 참 잘생겼네. 신랑 신부는 어느새 뒷전이었다. 내가 직접 보지 못했으나, 식장 뒤편에 서 있던 부산 정보과 형사분들도 적잖이 만족해하셨을 테다.

그 이후로 주례사는 일사천리로 이어졌다. 신랑은 정말 대단하고 유망한 청년이다. 크게 될 사람이다. 하객들은 놀라운 성경구절이라도 들은 것처럼 연신 고개를 끄덕였다. 할렐루야. 가뜩이나 두 다리는 제각각 흔들리는데, 이젠 내 얼굴도 붉어졌다. 주례 선생님이 "신랑은 얼마나 잘생겼습니까"라는 말은 안 해서 다행이었다. 선남선녀가 마주 보는 결혼식인데도, 나는 차마 그녀를 쳐다보지도 못했다.

결혼식아, 빨리 끝나라.

여자

결혼식 날이 왔다.

드레스를 입기 전에 미용실에서 신부 화장을 하고 나오다가 입구에서 그를 만났다. 풀메이크업한 얼굴에 살짝 놀라는 눈치였다. "나 어때?" 했더니 "어… 귀신 같아"라고 했다. 그렇게 그는 인생 2막을 시작도 하기 전에 100점을 까먹고 들어갔다.

주례를 봐주신 김수행 선생님은 구수한 대구 억양으로 신랑 신부보다 김영삼 대통령의 당선을 먼저 축하해주셨다. 대부분 부산·경남 출신인 하객들, 특히 경찰서 관계자가 많았던 신부 측의 정서를 배려해주셨다. 나중에 들으니 많은 분들이 결혼식보다 주례가 좋았다고 했다. 덕분에 모두에게 유쾌한 결혼식이 되었다.

드디어 7년 연애의 종지부를 찍었다.

남자

폐백이 끝났다. 이제 정신이 좀 들었다. 친구들이 있는 피로연에 갔다. 많이도 왔었다. 60~70명은 족히 넘을 듯했다. 한숨 돌릴 자리인 만큼, 마음도 느긋해졌다. 그런데 자리에 앉자마자, 나를 들어 매어 거꾸로 돌린 다음 발바닥을 때리기 시작했다. 뭘 물어보고 답하라고 하는데, 나는 도저히 정답을 알 수 없었다. 내가 아는 것은 오답이고 때리는 쪽이 원하는 답이 정답이니, 뭘 어떻게 할 도리가 없었다. 맞는 수밖에 없었다. 그러고 나서, 이게 다 너의 건강과 정력을 위한 것이라고 했다. 다시 오스카 와일드를 떠올렸다. "논리는 상상력 없는 자의 피난처." 그래, 논리를 따져서 무엇하랴.

만신창이가 되어 피로연에서 나오니, 그 '살가운' 친구들이 그녀와 나를 둘러싸고 〈함께 가자 우리 이 길을〉을 불러준다. 고맙지만, 같이 가고 싶지 않았다. 서둘러 빠져나와 공항으로 내달렸다. 친구가 남는 것은 사진뿐이라며 차 안으로 카메라 가방을 챙겨준다. 고마운 놈. 잠시 고마웠다.

나중에 카메라 가방을 열어보니, 카메라는 없었다. 밤과 대추뿐. 나쁜 놈들.

여자

결혼식의 뒤를 이어 폐백과 피로연이 폭풍처럼 휘몰아쳤고 드디어 신혼여행을 위해 공항으로 갔다. 온종일 긴장한 데다가 친구들이 술까지 먹여서 얼굴이 벌겋게 달아오른 그는 잘 차려입은 주정뱅이 같았다. 나는 더 심각했다. 올림머리에 풀메이컵한 얼굴 위에 가짜 속눈썹 한쪽이 반만 붙어서, 깜빡거릴 때마다 눈앞에 파리 한 마리가 같이 날아다니고 있었다.

첫날밤에 새신랑은 초저녁부터 끙끙 앓았다. 새신부는 머리에서 실핀 300개를 뽑아내고 장렬히 뻗었다.

멋 낸다고 운동화도 없이 구슬 핸드백에 구두 신고 왔는데, 용두암은 웬 말이며 폐백 때 받은 밤과 대추만큼은 머리통만 한 카메라 가방은 왜 여기까지 이고 지고 왔단 말이냐. 그 덕분에 사진사 겸 가이드로 처음 만난 택시 기사님과 며칠을 같이 보내야 했다. 식당에 마주 앉아 회도 같이 먹었다.

낯선 제삼자가 동반한 신혼여행이 되어버렸지만, 이제 뭐든 함께라고 생각하니 힘든 줄도 몰랐다.

남자

드디어 제주도에 도착. 호텔 방에 들어왔다. 온전히
둘만의 시간. 짐을 풀고 저녁을 먹고 씻은 뒤 침대 위에
잠시 누웠다. 기분 좋은 피로가 몰려오는가 했는데, 곧
장 신열이 나고 몸이 떨리기 시작했다. 끙끙거리며 쓰러
져 잤다. 신혼 첫날, 너무나도 순수하고 청교도적인 밤.
아무 일도 없었다.

그리고 눈을 떠보니, 우리는 아내와 남편이었다.

5장 같이 살아가기

신랑

어수룩하고 어색한 신혼살림이 시작되었다. 뭐가 뭔지 모르는 채 아등바등했다. 나이 드신 어른들은 우리 더러 소꿉장난하는 것 같다고 하셨다. 우리보다 훨씬 어렸을 때 결혼했던 분들이 할 얘기는 아니었지만, 그렇다고 틀린 얘기도 아니었다. 때로는 큰 소꿉놀이 세트장에서 사는 것 같았다.

바깥에서 손잡고 다니는 것은 편안하고 좋았는데, 신혼집에 온전히 둘만 있을 때 손을 잡는 일은 마치 처음인 것처럼 어색했다. 그리고 새로 구비한 알록달록한 이불을 펴고 덮고 자는 일은 사그락대는 이불소리같이 설레면서도 낯설었다. 차츰 익숙해지면서도, 매일 새로운 것이 나타났다. 금슬 좋으라고 선물로 받은 청둥오리만 홀로 집에서 편안했다. 신기하게도 이런 자극적인 불편함이 좋았다.

사실 신혼의 어색함을 '사색'할 시간은 많지 않았다. 사람들이 무수히 찾아왔다. 어린 나이에 결혼했으니, 친구들도 어렸다. 신혼에 대한 배려를 알지 못했다. 궁금증이 더 컸다. 아니면, 그들에게는 먹고 마시고 떠들 아지트가 하나 새로 생겼을 뿐이었다. 게다가 아내는 사람을 무척 좋아했다. 최악의 조합이었다.

없는 살림에 예의는 차린다고 집들이도 부지런히 했다. 신혼이니, 요리 실력도 초짜였다. 제대로 된 음식이 나올 리가 없었다. 오로지 음식과 술의 양으로 승부했다. 그러면서도 손님의 눈치를 보거나 두려워하지 않았다. 배짱이 두둑했다. 생선 한쪽을 태우기 일쑤였고, 겉이 축축하고 속은 딱딱한 탕수육을 내놓기도 했다. 물론 그걸 꼭 뒤져 보고 따지는 사람들이 있었다. 심통이 날 만도 한데, 아내는 '어머' 하고 크게 웃고 넘겼다. 사람이 참 좋은 아내였다.

그럴수록 신혼집을 찾는 사람은 늘었다. 어느 선배는 술에 만취되어 집 앞 거리에 나와 아내의 이름을 불러대기도 했다. 우리가 미처 듣지 못하면, 하염없이 늘어지는 뽕짝을 불렀다가 다시 이름을 불렀다. 다른 친구는 이별의 아픔을 토해낸 뒤 난데없이 "너희들은 사랑을 몰라!" 하고 선언한 후 집 앞 거리에 뛰어나가 미친놈처럼 소리를 질러댔다. 아래층 주인아주머니가 밤중에 잠옷으로 뛰어올라와 시끄럽다고 난리 치는 일도 그만큼 늘어났다.

우아한 신혼은 없었다.

신부

보통은 신혼집에 부부 둘만 사는데 우리 집은 달랐다. 번갈아가며 친구들이 자고 갔다. 집들이한다고 와서 2박 3일은 기본이고, 첫사랑과 헤어졌다고 오고, 근처에서 술 마셨는데 잘 데가 없다고 왔다. 심지어 그냥도 불쑥 찾아왔다. 동기도 오고, 후배도 오고, 선배도 왔다. 남편은 미안해서 가끔 내 눈치를 보기도 했는데 전혀 그럴 필요가 없었다. 내가 그 파티의 최대 수혜자였기 때문이다.

풍수설에 따르면, 현관 왼쪽에 거울이 있으면 재물복이 있고 오른쪽에 있으면 인복이 있다 한다. 거울도 없던 우리 집은 하늘이 내린 인복이라 생각했다. 게다가 아버지가 대학 MT까지 따라오실 정도로 보수적이셨는데 부모 눈치 안 보고 이렇게 놀 수도 있는 것이었다. 천국이 따로 없었다.

시부모님과 서울과 부산으로 떨어져 따로 살았던 게 천만다행이었다. 베란다에 쌓인 술병이 어마어마했다. 친정어머니가 보셨으면 아마 내 등짝이 남아나질 않았을 것이다.

이렇게 철이 없는 새댁이었다.

신랑

신혼살림도 살림인지라 생활비가 필요했다. 아직 결혼하지 않은 선배들이 보기에는 참으로 어처구니없는 후배의 결혼이었지만, 우리를 불쌍히 여겼다. 우리를 궁휼하게 여기는 교수님들도 계셨다. 덕분에 장학금을 받았다. 학비는 그렇게 해결하고, 생활비는 과외 선생 노릇 하면서 충당했다.

하지만 살림이 뻔하다고 생활비까지 뻔하지 않았다. 예측은 항상 틀리고, 계획은 뜻대로 되지 않았다. 결국 아내는 학습지 교사가 되었다. 학생 남편이 공부하는 동안 뭐라도 하면서 시간을 보내야겠다는 것이 그녀의 '공식 설명'이었지만, 만만치 않은 현실 탓이 컸다. 그녀는 완벽한 부산 사투리를 구사하면서 토박이 서울 아이들을 가르쳤다. 아내에게도 미안하고 그 아이들에게도 미안했다.

고단했던 시절, 우리는 고단함을 알지 못했다. 상황이 이끄는 대로 같이 떠다녔다. 떠도는 살림은 그때부터 시작되었다.

하지만 그때는 알지 못했다.

신부

시작은 했는데 어떻게 꾸려가야 할지 모르던 생활이었다. 학생이었던 남편은 장학금을 받았고 아이들을 가르치는 과외가 수입의 전부였다. 소꿉장난 같아도 기본 생활비라는 게 있었다. 로맨스 소설에서는 사랑이 배고픔도 추위도 다 해결해주지만, 현실은 그게 아니라는 걸 늦게 깨달은 거다. 정신을 차려야 했다.

그래서 나는 주로 미취학 아이들과 초등학교 저학년 아이들 대상으로 한글과 ABC를 가르치는 학습지 교사가 되었다. 어릴 적 외할머니 지인 중에 보살이라 불리는 분이 계셨는데, 내 얼굴을 보더니 너는 선생이 될 관상이라고 하셨다. 선생은 선생인데 교육부에 등록이 안 되는 학습지 선생, 외국에 나와서는 한글학교 선생을 했다. 그래서 그런지, 지금까지도 옥쌤으로 불리긴 한다.

어쨌거나 저축은 언감생심. 겨우 적자를 면하던 살림이었다. 하지만 마음으로는 금송아지 열두 마리를 키우고 있었다.

남편

석사논문은 이 이름만 들어도 소름 끼치는 마르크스에 대해서 썼다. 제목을 〈마르크스의 추상노동 개념에 관한 연구〉라고 다소 학문적으로 붙여보았으나, 마르크스가 들어간 이상 석사논문의 시장성과 수용성은 현저히 떨어졌다. 양가 부모님께 검은 표지의 논문을 드리는 것도 쉽지 않았다. 아버지는 한번 슬쩍 보고 옅은 웃음만 지었고, 장인어른은 얼핏 보시고 술 한잔하시자고 했다. '이게 뭥미'라는 표정을 짓는 분은 아무도 없었다. 모두 마음이 깊은 분들이었다.

세월은 힘이 세다. 아내는 더는 마르크스를 무서워하지 않았다. 다만 그 이름이 남편의 삶에 불안과 불확실성을 증폭시키는 것을 조용히 지켜보았다. 대단한 여유와 인내심이었다. 그녀 마음속 어딘가에 깊은 우물 하나가 있어, 나는 몰래 거길 찾아가 안식의 물을 퍼올릴 수 있었다. 덥고 숨 가쁜 날이 많았지만, 목마른 날은 없었다.

그런 석사논문을 썼으니, 만회할 기회가 필요했다. 본 게임을 엉망으로 만든 다음에 연장전에서 뒤집기를 꿈꾸는 것이 젊은 시절의 못된 습관이었다. 박사과정에 진학하기로 했다. 인정하기 싫지만, 만회의 기회라고 한 것은 회고적 기억의 왜곡이고, 사실은 아무 생각이 없었다. 공부나 더 해보자는 속셈이었다.

박사과정 면접시험에 갔더니, 어느 교수가 물었다. "어, 결혼했네. 뭐 먹고살려고?" 내 대답은 바다에 속절없이 떠다니는 해파리 같았다. 교수는 쐐기를 박았다. "뭐, 아내 등쳐먹고 살겠다는 거네." 나는 나름 불끈했지만 크게 틀린 말도 아니어서, 별달리 반응하지 않았다. 뒷머리만 긁적했다. 이토록 교수님 말을 잘 듣는 고분고분한 학생이었니, 결과는 당연히 합격이었다.

물론 경쟁률도 대체적으로 '우호적'이었다.

아내

남편은 대학원에서 마르크스 경제학을 공부한다고 했다. 그런가 보다 했다. 이건 비주류 경제학이라고 했다. 경제학이면 같은 경제학이지 주류는 뭐고 비주류는 또 뭐야? 생각했지만, 또 그런가 보다 했다. 그런데 남편이 그렇게 설명해도 내가 행간을 못 읽는 것 같으니 좀 더 현실적으로 부연 설명을 해주었다. 쉽게 말해 나중에라도 돈이 되는 학문이 아니라고 말이다.

이렇게 조곤조곤 말하는 것은, 자기 결심은 이미 확고하니 토 달지 말라는 뜻이었다. 그런데 나는 토를 달고 싶어도 무슨 말인지 몰라서 그냥 눈만 껌뻑껌뻑하고 있었다. 가끔 뉴스에 나오는 사회현상이나 경제문제를 설명해주는데 나름 설득력 있고 내 귀엔 옳은 것 같아서, 비주류이고 돈은 안 된다고 했지만 무엇을 전공하든 간에 신뢰는 갔다.

사실 그의 말에 크게 동요되지 않았던 이유 중 하나는, 주류이든 비주류이든 경제학 공부를 이렇게 오래도록 하는데 설마 밥이야 굶겠느냐는 막연한 기대감 때문이었다. 여하튼 경제학이 아닌가.

때로는 모르는 게 약이다.

남편

대책 없이 박사과정에 들어갔으니, 이제 장기전이었다. 2년짜리 과정이 끝나면, 또 기약할 수 없는 긴 시간 논문을 써야 했다. 목표지점은 보였으나, 얼마나 멀리 있는지는 알 수 없었다. 일단 목표에 도달해도 불확실하긴 마찬가지였다. 교수가 되기는 어렵던 시절이다. 특히 국내학위 박사는 '시시한 농담' 수준으로 취급받을 때였다. 그녀도 긴장했다. 아니, 긴장한 척했는지도 모르겠다.

아내는 장기전을 예상치 않은 방식으로 시작했다. 당시 나는 매일 학습, 토론, 세미나 명분으로 바쁜 척하고, 또 별로 한 것도 없으면서 뒤풀이는 빼먹지 않고 참석했다. 공부하는 시간보다 뒤풀이하는 시간이 훨씬 길었다. 아내는 전혀 잔소리를 하지 않았다. '더 열심히 해라', '돈도 못 벌면서 씀씀이는 재벌이다' 같은 류의 뻔한 삼류드라마 대사를 읊어대지 않았다.

그녀는 이런 부정적이고 비판적인 방식보다는 적극적인 참여전략을 택했다. 모든 뒤풀이에 참석하기 시작했다. 선후배를 가리지 않았고, 뒤풀이의 종류도 따지지 않았다. 당연히 시간도 따지지 않았다. 이른 저녁도 좋고, 늦은 밤도 좋고, 새벽이면 또 어떠랴. 심지어 신입

대학원생 환영행사에도 참석했다. 술로 엉망진창이 된 후배들은 화장실 앞에서 꼬꾸라지면서 아내를 보자 벌떡 일어나서 깍듯이 인사했다. "서-언-배-니-임!" 아내가 "어머, 나 니 선배 아닌데"라고 해도, 후배들은 연신 고개를 조아리며 "선배님, 선배님" 했다.

이렇게 아내의 '가짜 학생' 행각은 시작되었다. 그 행각이 가히 절정에 닿았을 때, 사람들은 아내가 언제 오는지를 먼저 물었다. 객관적으로 내가 가장 정확한 답을 할 사람임에도, 누구도 내가 있든 말든 상관하지 않았다.

학교에서 나는 옥혜숙의 남편이었다.

아내

남편은 학회, 세미나, 토론회를 '핑계'로 뒤풀이가
많았다. 그리고 그 핑계를 증명하듯 나를 데리고 나갔
다. 다양한 주제의 토론으로 자연스럽게 뒤풀이까지 이
어지던 그 자리는 재미있고도 신선했다. 그때 주워들은
지식만 알차게 머릿속에 저장했어도 반쯤 박사가 되었
을 텐데, 아무래도 노래방에서 입으로 다 빠져나간 듯하
다. 불편하고 귀찮았을 텐데 싫은 내색도 못 하고 반겨
준 선후배들을 생각하면 지금도 많이 민망하고 고맙다.

한번은 책거리 기념으로 양평 쪽으로 1박 2일 여행
을 갔다. 뜻하지 않은 장면을 목격하고 얼마나 놀랐는지
모른다. 평소에는 그렇게 똑똑하게 보이던 친구들이었
는데 밤새 베개싸움을 벌여 민박집에서 쫓겨날 뻔했기
때문이다. 베개싸움의 이유는 '인창고가 더 좋다' '아니
다, 숭실고가 더 좋다'였다. 유치함에는 학력 구분이 없
었다.

그렇게 나는 깍두기 대학원생으로 함께 살아갔고,
첫아이를 임신했다.

6장 바람 불던 날

젊은 남편

신혼살림도 사람 사는 일인지라, 구름이 모여들고 바람이 불었다. 일단 현실 자각부터 했다. 얼마나 학생 생활을 할지 기약할 수 없으니, 역세권 사당 사거리에 계속 머물 순 없었다. 좀 더 현실적인 곳, 신림동으로 집을 옮겼다. 빽빽하게 들어선 주택 속을 뚫고 낮은 언덕을 돌아서서 숨을 몰아쉬고 고개를 들면 보이는 곳이었다. 옆에는 교회가 자리 잡고 있었다. 거실 창문을 열면 교회 입구가 보이고 웅장한 찬송 소리나 울부짖는 기도 소리가 들렸다. 평소에는 한가한 골목이 주말에는 사람들로 넘쳤다.

생활도 좀 더 현실적이 되었다. 시간 강사 생활을 시작했다. 시간 강사 수입은 그때나 지금이나 부족한 수준이었으나, 강사 노릇은 불확실한 삶에 그나마 희미한 선을 긋는 일 같았다. 공부하고 가르치는 길에 슬쩍 한 발 내밀어 보는 흥분도 있었다. 만족스럽지는 않지만 고마워해야 하는 일이었다. 그 길이 내 길이 아니라는 의심을 하진 못했다. 달리기에도 버거워서, 방향을 의심하지 못했다.

주변 도움이 적지 않았다. 아내의 '오빠' 노릇을 자처하는 선배는 부산에서 지내면서도 시간이 날 때마다 우리를 살갑게 챙겨주셨다. 자신이 타던 빨간 프라이드를 우리에게 선뜻 건네주었다. 야매 강습의 힘을 빌려 운전면허를 따고, 차를 건네받고 핸드브레이크도 내리지 않고 가속페달에 발힘을 몰아붙여서 집까지 끌고 왔다. 타이어 냄새가 진동했다. 그래도 그 차를 타고 아슬하게 경사지고 휘어진 골목을 휘젓고 다녔다. 부족했지만 그런 느낌 없이 살 수 있었던 것은 이런 사람들의 바람막이 덕분이었다.

여기저기 빨간 불이 들어오고 있는데, 그것도 모르고 빨간 차를 몰고 다녔다.

젊은 아내

배는 점점 불러오고 우리는 신림동의 다세대 주택으로 이사를 했다. 남편은 시간 강사를 했고 나는 만삭이 되면서 학습지 교사 일을 그만둬야 했다.

이사 간 집의 옆 건물은 교회라서 일요일 아침이면 집 안까지 들려오는 찬송가로 불자인 우리까지 은혜로웠다. 그 교회 신도였던 아랫집 아주머님은 가끔씩 벨을 누르고 전도하러 오는 여호와 증인들을 향해 "사탄아 물러가라!"라고 고함을 질러댔다. 옆집은 여름 내내 대문을 열어놓고 부부 싸움을 했고, 그 아랫집은 무슨 이유에서인지 남편이 교도소에 있다고 했다. 예사롭지 않은 이웃들이었고 조용할 날은 없었다. 그래도 배부른 새댁에게는 모두 따뜻했다.

그렇게 이웃과 사는 법도 배워갔다.

젊은 남편

어느 날 집 안으로 싸늘한 바람이 들이쳤다. 이런 저런 이유로 부모님의 생활이 예전 같지 않았다. 금전적으로도 정신적으로도 쉽지 않았다. 내가 도울 일은 없었다. 또 주위 선배의 도움을 받아 체면치레만 했을 뿐이다. 법대 가지 않은 것을 잠시 후회했던, 많이 흔들렸던 시간.

바람은 오면, 곧 가는 법이다. 정신없이 흔들다가, 어느 날 고요해졌다. 햇살은 따스하고 꽃은 사방으로 피어나고 그 사이로 초록풀이 촘촘히 자라던 날, 아내가 아이를 가졌다. 이제 새로운 보금자리에서 태어날 것이다. 그 생각만으로도 따뜻해지고, 또 초조해졌다.

그 아이가 우리 삶을 다른 곳으로 데려갈 바람인 줄은 몰랐다.

젊은 아내

어느덧 만삭이 되었다. 출산을 위해 부산의 친정으로 내려갔다. 근처 산부인과에 등록하고 진료를 받는데, 초음파를 하던 의사의 표정이 사뭇 진지했다. 아기 뇌에 물이 가득 차서 지금 바로 출산을 하고 뇌 수술을 해야 한다고 했다. 9개월 동안 멀쩡했는데 이게 무슨 일인지, 귀에서는 의사의 말이 아득한 메아리처럼 울리고 앉아 있는데도 무릎이 꺾이고 심장이 쿵 하고 떨어졌다. 남편은 큰 병원을 알아본다며 먼저 서울로 갔고 나는 어쩔 줄 몰랐다.

나는 계속 울었다.

젊은 남편

울고 있는 아내를 뒤로하고 서울로 갔다. 가늠할 수 없는 상황과 마주치자, 방어기제부터 작동했다. 의사의 진단을 의심했다. 의사는 초음파 사진을 보고 갑자기 먼지 자욱한 책장에서 두툼한 의학서적을 꺼내더니 "아, 여기 나오네. 자, 여기 보면… 음, 이 아이는 죽었네" 하고 말했다. 흔들림 없는 태연한 목소리였다. 도통 신뢰가 가질 않았다. 내가 서울로 올라오는 사이, 아내는 부산의 다른 병원에 갔다. 거기서는 아이를 당장 끄집어내어 뇌 수술을 해야 한다고 했다. 부산 의사들은 모두 꼴통 사이비다. 나는 수천 번 되뇌었다.

서울에 온다고 뾰족한 수는 없었다. 친구에게 도움을 청했다. 아버지가 의사였던 친구는 늘 내게 따뜻했다. 한 번 더 그 따뜻함에 기대었다. 친구 아버지는 당신의 병원을 오길 원하는지 아니면 다른 병원을 원하는지 물었다. 앞뒤를 살피지도 못하고, 나는 서울대 병원을 소개해달라고 했다. 후회하고 싶지 않다고 하면서 서울대 병원을 고집한 것은 다급하고 뻔한 아비의 마음 탓이었다. 내 속에 잠재한 엘리트 의식 탓이기도 했다. 뻔뻔한 아비가 되기로 했다.

그나마 다행이었다. 서울대 병원에서는 정상적으

로 분만 가능하다고 했다. 아이가 태어나면 그때 아이의
상태를 면밀히 살펴보자고 했다. 살다 보면 갑자기 잠시
햇살이 쏟아지는 듯한 날이 있다. 바로 그런 날이었다.
그래, 잘했어, 잘했다니까. 살면서 드물게 스스로를 위
로하는 날이기도 했다.

　하지만 햇살은 너무 짧았고 구름이 다시 몰려왔다.

젊은 아내

분만을 위해 입원했다. 대학 병원의 산부인과 병
동 입원실은 울기만 하던 나에게 다른 마음의 눈을 뜨
게 해주었다. 내 옆에는 임신 중독증 산모, 내 앞에는 쌍
둥이를 임신한 암 환자 그리고 분만실 옆 별도의 공간에
는 머리를 감기 위해 몸을 수그리기만 해도 유산될 위험
이 있어서 임신하고 분만하는 날까지 누워만 있어야 하
는 산모도 있었지만 모두 씩씩했다. 저게 가능할까 싶었
지만 맥을 놓고 울기만 한다고 해결이 되는 건 아무것도
없었다. 나는 이제 엄마가 되어야 했다.

딸아이가 태어났다. 자연분만을 하고 각종 검사를
위해 신생아 중환자실에 입원한 아기를 만나러 갔다. 아
이의 작은 손에 손톱이 새순처럼 돋아 있었다. 작고 강
한 생명이었다.

임신을 핑계로 식탐을 부리다가 20킬로그램을 찌
웠는데 아이는 겨우 2.9킬로그램이었다. 힘든 와중에 민
망했다.

젊은 남편

분만실에 들어가질 못했다. 입원실에서 대기해야
했다. 국가대표 축구 경기 중계로 시끄러웠다. 상대팀이
누구였는지, 경기 결과가 어땠는지는 기억나지 않는다.
눈, 머리, 가슴이 모두 제각각 분리되어 있었다. 눈은 텔
레비전 화면, 머리는 아이의 건강, 가슴은 아내의 고통
을 향해 있었다.

딸아이가 나왔다. 기쁨보다 안도감이 앞섰다. 마음
만 바빴다. 아이를 바로 중환자실로 옮겨야 했다. 인큐
베이터에 있는 저 조그만 아이가 내 딸이었다.

가끔씩 내게 묻는다. 그때 나는 무엇을 느끼고 생각
했는지. 아무리 생각해봐도, 아무 느낌이 없었다. 그때
는 모든 것이 텅 비었다. 여느 아빠처럼 눈물 나게 기뻐
하질 못했다. 기적 같은 환희의 순간에 나는 아이의 내
일만 걱정했다. 그래서 지금도 딸아이를 보면, 감당하기
힘든 미안함을 느낀다. 태생적이고 근원적인 미안함.

아내가 집에서 회복하는 동안, 나는 딸을 보러 병원
을 오갔다. 이런저런 검사를 해야 했고, 여러 의사들을
만나야 했다. 아이는 세상에 잘 나왔지만, 의사들은 딸
의 앞날에 대해 세상이 무너질 듯한 말만 했다. 처음 만
남에서는 운동장애, 두 번째 만남에서는 성장장애, 세

번째 만남에서는 지능장애를 경고했다. 이 모든 어려움을 가진 딸의 세상을 상상하는 것만으로도 두려웠다.

이제 회복하면서 마음을 다스리는 아내에게는 차마 말하지 못했다. 아이를 퇴원시켜 집으로 데려온 날에도, 나는 아내에게 말하지 못했다. 그냥 괜찮은 것 같으니 두고 보자고 하면서 얼버무렸다. 아내에게 말하고 나면, 그게 굳건한 현실이 될까 겁이 났다.

세찬 바람이 불었다.

젊은 아내

다행히 아기는 수술 없이 무사히 퇴원을 했다. 의사
가 뭐라고 한 것 같은데 남편에게 자세한 걸 물어보면
대충 얼버무렸다. 그러면서 책상에 앉아 매일 저녁 의학
책을 뒤적이는 소리가 났다. 어깨가 처지면서 내는 깊은
숨소리도 함께 들렸다.

걱정만 하고 있을 수는 없었다. 젖을 물리려면 뭐라
도 먹어야 했다. 평소에도 좋아하는 미역국이었지만 더
열심히 간절하게 먹어댔다. 산후조리를 위해 친정어머
니가 열흘 정도 다녀가셨다. 그 이후 며칠은 아는 분의
소개로 도우미분이 오셨다. 신림동은 강남이라고 일당
을 조금 더 쳐달라고 하셨다. 그 덕분에 웃었다.

억울했지만 신림동은 강남이었다.

젊은 남편

병원에서 최종 결론을 내주었다. 딸아이는 각종 장애로 고생할 위험이 높고, 병원에서 계속 관찰하고 치료해야 한다는 것. 지금 병원에서 할 수 있는 것은 없다고 했다. 운명의 좌표는 정해졌으니 부모가 받아들이고 따를 수밖에 없다는 얘기였다. 다른 곳에 가도 같은 진단이 나올 거라는 말도 친절하게 덧붙여주었다. 헛된 희망을 품지 말라며 쐐기를 박았다.

아이를 안고 아내와 같이 병원 밖으로 나섰다. 눈부신 봄날이었다. 대학로에는 꽃잎이 어지럽게 날리고 초록잎이 미치도록 짙어가고 있었다. 이제 어쩔 것인가. 묻고 물었다. 애타게 찾는 답은 오지 않고, 택시 한 대가 우리 앞에 섰다.

그래, 집으로 가자. 우리 집으로.

젊은 아내

병원의 외래 진료가 잡혀 있었다. 5분 남짓 진료를
봐주시던 의사는 원인도 모른다면서 결론을 늘어놓았
다. 장담할 수 없다면서도 모든 것을 장담했다. 늘어놓
는 부작용 속에 어느 것 하나 걸려들면 "봐라, 내 말이
맞았지?"라고 할 기세였다. 내 귀에는 무책임하게 들렸
지만 의사로서는 최선이었을 것이라 믿었다. 병원에 자
주 올 것도 없고 특별한 증세가 있으면 오라고 했다.

어떻게 하라고, 어디로 가라고 누가 꼭 집어 정해주
었으면 싶었다. 그저 막막했다.

젊은 남편

무거운 시간이었다. 아내는 힘을 냈다. 애써 웃었다. 그 애쓴 웃음에 혹 그늘이 찾아들까 더 애를 썼다. 이제껏 한 번도 본 적이 없는 집념과 단호함이었다. 딸아이가 세상에 온 길은 힘들었지만, 엄마 복은 타고났다. 엄마는 딸을 위해 세상과 싸울 준비를 하고 있었다.

나는 대학원 공부는 밀쳐두고, 의학 정보를 찾았다. 필요한 정보를 찾기 힘들었고, 도서관에서 찾아낸 것이 제대로 된 정보인지도 알 수 없었다. 발만 동동 굴렀다.

삶의 어느 순간이든 한 가지 색깔만 주어지는 법은 없다. 딸아이를 생각하면 온통 걱정이었지만, 딸아이를 바라보는 일은 온통 기쁨이었다. 축하하러 온 손님에게 "애기가 너무 예쁘지요?"라고 물으면 "네, 예쁘네요" 하는 미지근한 대답을 듣기 일쑤였지만, 아이는 단연코 빛났다. 세상의 아름다움을 제대로 알지 못하는 손님들이 딱해 보일 정도였다. 조그만 손가락을 끊임없이 만져대고, 코를 건드려 보고, 눈을 바라보았다. 그렇게 있다 보면, 이 아이가 아프다는 말은 세상에서 가장 악랄한 농담 같았다.

병원을 두어 번 더 찾았다. 이제 자주 올 필요가 없다고 했다. 문제가 보이기 시작하면, 그때 오라고 했다.

딸아이의 눈은 여전히 초롱초롱했다.

지금부터는 온전히 우리만의 일이고 우리만의 시
간이다.

젊은 아내

결국 정신을 차리게 해준 건 현실 육아였다. 아기라는 게 희한해서 배고프다고 울어 젖을 물리면 바로 뱉어냈다. 변덕쟁이였다. 똥 기저귀를 빨고 있으면 이부자리에 토를 했다. 잠들어서 눕히면 안아달라 했고, 안아주면 흔들어달라고 했다. 낮에는 띄엄띄엄 자고 밤에는 말똥말똥했다.

세상이 고요해지고 나도 한숨 붙이려고 하면 귀신같이 "도를 아십니까"를 전하려는 손님이 벨을 눌렀다.

'사탄아 물러가라'고 소리칠 기운도 없이 영혼이 털리는 하루하루가 지나갔다.

젊은 남편[*]

김수행 선생은 유학을 권하셨다. 외국 나가서 방법
을 찾아보라는 말씀이셨다. 하는 데까지 해보아야 나중
에 후회가 없다 하셨다. 미국은 의료보험 때문에 불가능
했고, 국민의료체계가 있는 영국으로 방향을 잡았다. 부
랴부랴 정한 일이기에, 준비할 틈도 없었다. 영어는 턱
없이 짧았고 전공 공부도 얕았다. 연구계획서와 입학원
서 작성은 발등의 불이었고, 어느 대학으로 갈지도 몰랐
다.

이 모든 것을 선생님이 다 해주셨다. 말도 안 되는
영문 한 페이지짜리 초안을 서너 페이지의 멋진 연구계
획서로 만들어주셨다. 입학원서도 챙겨주셨다. 영국문
화원에 '협박' 전화를 하셔서 장학금도 알아봐주셨고,
케임브리지 대학에 있는 장하준 교수에게도 도움을 청
했다. 추천서도 써주셨다. 나의 알량한 처지를 잘 아시
는 터라, 임팩트가 있는 추천사가 필요하다고 판단하시
고, "이 친구는 ○○○교수보다 낫소" 하는 추천서를 보
내셨다. 선생님의 '대형 오보' 덕분에 나는 케임브리지
로 유학을 갈 수 있었다.

* 《우리는 조금 불편해져야 한다》(이상헌, 2015, 생각의힘)

선생님이 우리 가족을 위해 애쓰실 때, 선생님은 아들을 잃으셨다. 당신이 1970년대라는 엄혹한 시기에 마르크스 경제학이라는 무시무시한 '괴물'을 공부하면서 혹 가족에 어려움이 있을 것을 염려해서, 런던에 꼭꼭 묶어두었던 세 아들 중 막내였다. 그 와중에 선생님은 내 원서를 고치고 연구계획서를 만들고 전화를 하셨다. 잔소리나 꾸중 한마디도 하시지 않았다. 입학 허가를 받았을 때, 선생님은 "축하합니다"라는 말 이외에는 달리 말씀이 없으셨다.

선생님은 눈보라 치는 날에도 흔들리지 않는 나무였다. 우리는 거기서 위로와 희망을 얻었다. 그 나무가 흔들리지 않기 위해 얼마나 고단하게 버티어야 했는지는 미처 생각하지 못했다.

젊은 아내

유학을 간다고 했다. 정확하게는 불확실한 아기의 병을 좀 더 잘 알아보기 위한 '외유'였다. 더 나은 병원을 찾아 외국으로 가는 건 재벌 회장들이나 하는 걸 드라마에서 봤는데, 그게 우리였다. 단지 다른 점은 우린 돈이 없다는 거였다. 지도교수님이 의료비가 비싼 미국보다 영국을 권하셨다. 우리는 미국도 몰랐지만 영국도 모르는 나라이긴 매한가지였다. 태어나 한 번도 외국에 나가본 적이 없었기 때문이다.

남편은 유학에 필요한 준비를 하고 나는 집 정리를 했다. 영국으로 가져갈 최소한의 짐만 남기고 시댁과 친정에 나누어 보냈다. 당분간 시댁에서 머물렀는데, 외국으로 나간다고 하니 시부모님이 섭섭해하셨다. 부모님들은 전후 사정을 잘 알지 못했다.

그러다 보니 우리는 모두 동상이몽 중이었다. 돌려받은 전세금으로 아버님은 포크레인을 사서 임대사업을 계획하셨고, 어머님은 연고도 없는 울산 어느 동네에 상가를 사서 노후에 슈퍼를 하며 지내실 거라고 했다. 그런데 그만 남편이 그 돈을 금융회사에 근무하는 선배에게 모두 맡겨버린 것이다. 먹고살기 위해 할 수 없이 내린 결정이었지만 남편의 결정이 백번 옳았다. 아버님과 사업은 상극이고, 사교적인 어머님의 울산행은 유배 생활이나 마찬가지로 무모한 생각이셨기 때문이다.

정약전은 흑산도 유배에서 자산어보를 남겼고 자칫 우리의 유학은 녹슨 포크레인과 구멍가게를 남길 뻔했다.

젊은 남편

1996년 초가을, 나는 한국을 떠났다. 영국에 먼저 가서 자리를 잡고 나서 가족이 뒤이어 오기로 했다. 외국 가는 비행기는 난생처음이었다. 맨 뒤편 흡연석에 앉아 엽서를 쓰고 또 썼다. 곧 돌아오겠다는 얘기를 마치 영영 돌아오지 못할 사람처럼 적었다.

담배 연기는 왜 그렇게 뽀얗고 맵던지.

7장 바깥으로 나가다

아빠

늦은 여름인데도 케임브리지는 쌀쌀했다. 낯섦과 조급함 때문에, 나는 고산지대 저체온증에 시달리고 있다는 착각까지 했다. 임시로 머무른 숙소에는 아무도 없었다. 후미진 방에 들어가 담요를 뒤집어쓰고 후덜덜 떨었다. 바깥에 나오니, 사람들은 날씨가 화창하다면서 웃옷을 훌훌 벗어던졌다.

영어가 문제였다. 몇 개월 벼락치기해서 얼치기로 배운 영어가 통할 리 없었다. 공항을 빠져나와 케임브리지로 가는 버스를 타는 것부터 고역이었다. 나는 버스 타는 곳을 물었고, 사람들은 코오치coach가 어쩌고저쩌고했다. 알고 보니 거기서는 큰 시외버스를 코오치라고 불렀다. 나는 '무식하게' 저 착한 사람들에게 나를 무시한다고 열불을 내었다. 심지어 인종차별주의자라고 의심했다. 나의 생존의 버팀목이었던 사람들, 우편배달부, 청소부, 숙소 관리인, 슈퍼가게 주인. 나는 그들의 말을 알아듣지 못했다.

내 한 몸 지탱하는 것도 간당간당한데, 딸아이를 위한 병원을 찾는 것이 급선무였다. 어차피 학위를 따려고 온 것은 아니었다. 대학을 가지 않고 여기저기 병원을 수소문했다.

그곳에는 마침 아주 유명한 아동병원이 있었다.

엄마

남편이 떠나고 한 달 후에 딸아이와 함께 영국에 도착했다. 마중 나온 남편을 보고는 긴장이 풀려서인지 시차 때문인지 버스를 타자마자 금세 곯아떨어졌다. 임시 숙소에 도착했을 때는 한밤중이었다. 아침에 일어나 밖을 보니 높이가 가늠이 안 되는 푸른 하늘에 뭉게구름이 둥실 떠 있었다. 단풍 진 낙엽은 끝없는 초록의 잔디 위로 흩날리고 있었다. 그 풍경이 어찌나 비현실적이던지 이게 꿈인가 싶었다. 게다가 옆집 울타리에서 나와 잔디밭 사이로 어슬렁거리는 길고양이들은 덩치가 호랑이만 했다. 풍경도 사람도 낯선 가상현실 속에 들어와 있는 것 같았다.

가족용 기숙사는 침대와 식탁을 포함한 기본적인 가구가 갖춰진 방 두 칸짜리 집이었다. 온수가 흐르는 라디에이터가 방마다 있었지만, 커다란 홑겹 유리창 틈으로 외풍이 어마어마하게 들어왔다. 이삿짐은 이민 가방 몇 개가 전부였다. 나는 급하게 이불과 냄비 같은 살림살이를 장만하고 남편은 아이를 위해 계속 병원을 알아봤다.

새로운 시작이었다.

아빠

아내와 딸이 도착하자 마음이 더 바빠졌다. 병원부터 찾아갔다. 서울대 병원처럼 크고 건조하게 생겼지만, 내부는 썰렁할 정도로 여유로웠다. 사람까지 북적대면 더 초조했을 텐데, 그나마 다행이었다. 젊은 의사를 만났다. 그간의 사정을 설명하는 일은 상대적으로 쉬웠다. 영어로 통째로 외워왔기 때문이다. 사실 그럴 필요는 없었다. 한국에서 잔뜩 챙겨온 진료기록이나 MRI 사진들만 보고도 의사는 사정을 짐작했다. 그는 단 한 가지만 물었다.

"그래서 의사들이 뭐라고 하던가요?"

부산에서 서울로 그리고 서울을 떠나 영국으로 온 경위를 설명했다. 영어도 버벅대고 내 말도 흔들렸다. 공기가 무거워졌다고 느낄 만큼 꽤 오래 말했다. 의사는 심각한 표정으로 말없이 들었다. 가끔 찌푸리는 모습도 보였다. 나는 지레 나의 허접한 영어 탓이라고 생각했다. 서둘러 미안하다고 했다. 그는 고개를 흔들면서 말했다.

"아니에요. 무슨 말인지는 다 알아들었어요. 다만, 아이의 상태를 찬찬히 자세히 들여다보지 않고, 의사들이 왜 그렇게 서둘러 결론을 내서 당신에게 알려줬는지는 솔직히 잘 이해가 되질 않아요."

갑자기 언어의 초능력이 생겼는지, 신통하게도 나는 이 말을 다 알아들었다. 심지어 생각하고 되물었다. "그렇다면, 우리 아이가 어찌 될지는 아직 모른다는 말인가요?" 의사는 답했다. "이런 류의 케이스가 많지도 않고, 또 평생 모르고 지나가는 경우도 있기 때문에 단정적으로 말할 수는 없다는 뜻입니다." 그러면서 이 분야의 전문가들과 의논을 해봐야 한다고 했다. 진료기록과 사진이 모두 있으니, 새로 검사할 필요도 없다고 했다.

그리고 자신의 책장에서 의학책을 꺼냈다. 나는 부산에서 만난 의사가 생각나서 가슴이 철렁했다. 하늘이 다시 노래지는 것 같았다. 그가 말했다. 여기부터 여기까지 복사해줄 테니, 열심히 읽고 공부하라고 조언했다. 알고 나서 걱정해야 진정한 걱정이라고 했다. 공부하라는 너무나도 당연한 말에 나는 내심 다시 가슴이 철렁했다. 저 어려운 전공서적을 영어로 어떻게 읽는단 말인가. 그래도 실낱같은 희망이라도 본 듯 들떴다. 최악은 아니지 않은가.

의사와의 '대화'는 한 시간 가까이 계속되었다. 한국에서 의사들과 만난 시간을 다 합친 것보다 많았다.

같이 의논할 의사가 있다는 것, 그것만으로 위안이 되었
다. 병원 밖으로 나오니, 케임브리지 거리는 벌써 차가
워진 가을바람으로 을씨년스러웠다. 나는 찬 바람 속에
서 따뜻했다. 오랜만에 찾아온 느낌이었다.

　의사와는 몇 주 후에 다시 보기로 했다. 기다려졌
다.

엄마

아이 손을 붙잡고 간 병원에서는 소독약 냄새가 전혀 나지 않았다. 심지어 흰 가운도 입지 않은 의사가 직접 나와서 우리를 맞이했다. 남편은 준비해간 자료와 사진을 보여주며 상담을 했고 나는 상담실에 구비된 장난감을 가지고 아이와 함께 놀았다. 눈과 귀를 곧추세워 둘 사이의 대화를 분위기로 파악했다. 결론은 아무것도 장담할 수 없으니 병원도 부모도 더 공부하면서 두고 보자는 것이었다.

한국의 의사가 증상이 어떻게 나타날지 모른다고 했으니, 아기의 행동이 조금만 이상해도 그 때문이 아닌가 하고 쉽게 의심했다. 유모차를 타고 외출하는데 자기 베개를 꼭 들고 나가겠다고 우길 때도, 친한 오빠가 와서 밥 먹을 때 김을 한번에 두 장 먹는다고 울며 난리 칠 때도 의심했다. 외출했다가 돌아오면 차에서 내리지 않고 계속 동네를 뱅글뱅글 운전하라고 할 때도 그랬다. 심지어 친구에게 선물한 머리띠를 다시 가져오라고 울며 떼를 쓸 때 나의 의심은 더욱 강해졌다. 실은 아이들에게 늘 있는 정상적인 일들이었는데, 내 눈에는 모두 정상이 아닌 것으로 보였다. 오은영 박사님이 보셨으면 엄마가 제일 문제라고 '금쪽 처방'을 내리셨을 테다.

모든 게 불안했던 엄마의 육아는 언제나 산으로 가고 있었다.

남편

공부는 어려웠다. 전공 공부가 아니라, 의학 공부 말이다. 영어사전을 들고 열심히 들여다봐도 통 무슨 소리인지 알 수 없었다. 수십 페이지를 읽고도 머리는 텅 빈 공터 같았다. 마지막 부분에 다다르니 몇 가지 통계가 나왔다. 통계적으로 말할 수 있는 게 없다는 것이 요지였다. 어릴 때 발견하는 경우는 드물고, 사고가 있어서 검사하다가 알게 되는 경우가 많다. 그런 경우 환자는 아무런 문제없이 생활해왔다. 문제가 발견되는 경우에도 다른 요인들과 결합되어서 생기기 때문에 이유를 특정하기는 어렵다. 대충 이런 얘기였는데, 나는 그 부분을 읽고 배시시 웃었다. 마치 어두운 세계의 비밀을 우연히 찾아낸 것처럼. 결국 두고 봐야 한다는 얘기구나. 살면서 가장 보람된 영어 공부였다.

이왕 시작한 공부. 몇 주 동안 의학 공부에 매진했다. 근대 경제학의 아버지인 알프레드 마셜을 기념하여 지은 경제학부 도서관에서 나는 의학논문을 가져다가 복사기에 불이 나도록 복사를 해댔다. 그리고 경제학 책에 둘러싸인 채 의학책을 읽었다. 내가 많이 읽고 이해할수록 딸아이의 건강이 좋아질 것이라는 위대한 착각, 기분 좋은 착각에 시간 가는 줄 몰랐다.

엄마

남편은 아침마다 도서관으로 갔다. 그러면 외풍 가득한 썰렁한 집에 아이와 둘이 남았다. 집 안에서는 한국말을 하면 되었지만 문밖에는 온통 영어였다. 한동안은 관광객 모드라 골목 구석에 굴러다니는 쓰레기까지 신기하고 새로웠다.

하지만 아이와 함께 동네 플레이 그룹에 나가면서 요즘 말로 '현타'가 오기 시작했다. 그곳에 딸아이 또래의 아이를 데리고 오던 흑인 엄마는 항상 "you know"라는 말을 문장 앞에 붙였다. 나는 오해했다. '아니, 대체 내가 뭘 안다는 거야? 하나도 모르겠구만.' 한참 뒤에 알고 봤더니 그 말은 그냥 버릇처럼 사용하는 "저기, 있잖아"라는 뜻이었다.

게다가 길을 가다 보면 집 앞에 'TO LET'이라고 적힌 팻말이 종종 보였다. 나는 'TOILET'에서 'I'를 빼먹고 적은 화장실이 왜 이렇게 많은 거냐고 의아해했다. 알고 보니 집을 세 놓겠다는 뜻이었다. 슈퍼에서 삼겹살을 발견하고 기쁜 마음에 요리하고 나면 소태 같은 베이컨이었다. 급하게 뱉어내면 속도 쓰리고 마음도 상했다.

남편이 도서관에서 책으로 적응하는 동안, 나는 현실에서 몸으로 적응하는 법을 배워갔다.

아빠

의사를 다시 만나는 날이다. 안부를 간단히 묻고 본
론에 들어갔다. 그동안 영국에 있는 전문의사와 자료를
돌려보며 의논을 해보았고, 소견이 모아졌다고 한다. 그
러더니 미안하지만 좋은 소식과 나쁜 소식이 하나씩 있
다고 했다. 나는 직감했다. 나쁜 소식인데, 그걸 영국식
으로 덮기 위해서 좋은 소식을 하나 급조했다는 것을.
그게 바로 영국식 신사 정신 아닌가.

급격히 침울해진 나는 나쁜 소식부터 이야기해달
라고 했다. 의사는 내게 바짝 다가와서 말한다.

"당신 딸아이는, 정말 미안하게도 너무도 미안하
지만, 글쎄 뭐랄까. 예를 들어 감성이 넘치는 시를 읽을
때, 뭔가 다른 애들보다는 감동 내지는 공감의 폭이 적
을 수 있어요. 당신도 알다시피 시는 삶에 주는 큰 기쁨
인데, 당신 딸은 그걸 온전히 누리지 못할 것 같아요. 이
런 이야기를 전하게 되어서 너무 미안합니다."

나는 잘 알아들었다. 그리고 기다렸다. 이건 나쁜
소식의 서막에 불과하다. 충격을 최소화하여 내게 설명
하려는 저 착한 젊은 의사의 알뜰한 배려는 고맙지만,
거기에 넋을 뺏길 상황은 아니었다. 그리고 시가 삶에
주는 큰 기쁨이라니, 금시초문이었다. 젊은 시절 그 난

해한 시를 이해하느라고 아프게 발버둥 치던 시간이 떠올랐다. 나는 따지듯이 몰아치며 물었다.

"나도 사실 그런 기쁨을 누리지 못하는 사람입니다. 딸아이가 날 닮았나 보네요. 이건 됐고요. 그럼, 진짜 더 큰 문제는 뭐지요?"

의사는 나를 뚫어지듯이 쳐다보았다. 나는 마음을 굳게 먹었다. 의사는 갑자기 맥이 빠진 듯 대답했다.

"댓츠 올That's all. 그게 다예요."

아내와 나는 의아했다. 저게 무슨 소린가. 나는 내처 물었다. 그럼 좋은 소식은 뭔가요? 그는 웃으며 바로 답했다.

"그것 말고는 다 괜찮을 거예요. 물론 좀 더 지켜봐야 하지만."

우리는 한참 멍하게 있었다. 서울에서 "다 어려울 거예요"라고 들은 지 몇 개월 만에 낯선 곳에서 낯선 언어로 "다 괜찮을 거예요"를 듣고 있었다. 너무나 비현실적이었다. 믿어야 할지도 몰랐다. 그래서 기뻐해야 하는지도 몰랐다. 병원 밖으로 나오고서야, 우리는 바라보고 웃었다.

얼굴에 비친 옅은 미소, 내 마음속에서는 가장 큰 웃음이었다.

엄마

의사를 다시 만나러 갔다. 여전히 나는 아이와 장난
감 퍼즐을 맞추고 놀고 남편은 상담을 했다. 아이가 노
는 모습을 바라보던 의사는 이 정도면 충분히 정상적으
로 발달하고 있으니 앞으로도 걱정할 필요가 없다고 말
했다. 심지어 아이가 스트레스를 받을 수 있으니 병원에
도 오지 말라고 했다. 기미년 독립만세 선언 이후로 이
렇게 의미 있는 선언을 들어본 적이 없었다.

또 이 말은 곧 딸 건강 걱정은 그만, 앞으로 너희 부
부들 살아갈 일을 걱정하라는 선언이기도 했다.

아빠

의사는 딸아이를 병원에 데려오지 말라고 했다. 괜한 스트레스를 줄 필요는 없다는 것이다. 대신, 아동 담당 간호원이 정기적으로 집을 방문해서 같이 놀면서 아이의 상태를 확인할 것이라고 했다.

병원을 처음 찾은 지 한 달 만에 딸아이는 병원을 졸업했다. 하늘이 다시 열리고 새는 짖어대고 꽃바람이 날린다. 우리는 며칠 동안 기뻤다.

그러던 어느 날, 나는 깨달았다. 나는 지금 영국에 와 있고, 영어로 박사논문을 써야 한다는 것을. 게다가 경제적 사정으로 내게 주어진 시간은 단 3년이었다. 장학금이 있었지만, 턱없이 부족했다. 한국의 전세금이 생활비였다. 3년 정도 버틸 수 있었다. 꽃이 피고 찬란하던 주위가 순식간에 황무지로 변했다. 아득하고 막막했다.

딸아이는 바람이었다. 그 아이가 우리를 바람에 실어다가 여기 낯선 곳에 데려놓았다.

길고 긴 바람 같은 여정은 그렇게 시작되었다.

엄마

나는 영국에서 정식으로 운전면허를 따기로 했다. 한국과 달리 운전석의 좌우가 바뀐 시스템이라 제대로 배워서 면허를 따놓는 게 여러모로 유리하다고 판단했다. 영어에 자신이 없어서 필기시험 준비에 부담이 많았다. 학원비를 대주는 기회는 한 번뿐이라고, 재수는 절대로 용납 못 한다는 남편 때문에 스트레스 팍팍 받으며 이를 악물고 공부했다.

필기시험 당일 입구에서 이름을 확인하던 감독관이 내 성이 'OK'인 것을 보고 신기해하며 "너는 모든 것이 오케이일 테니 걱정 마"라고 말해줬다. 어릴 때는 옥씨가 희귀 성씨라 발음도 어렵고 세련된 느낌이 안 나서 별로라고 생각했는데, 이게 외국에서 먹히는 성이라는 걸 알게 되었다. 갑자기 조상님께 절을 하고 싶어졌다. 모든 것이 오케이일 것이라는 그 말이 평생 행운의 상징으로 기억되었다. 이름 때문인가? 결국 나는 한 번에 필기와 실기를 합격했다. 그리고 남편에게 이제 너의 차례라는 것을 당당히 알리고 수시로 압박했다.

"우리 집 돈 떨어지는 날이 당신 논문 끝나는 날이야, 알아서 해!"

아빠

여기저기서 도움을 받았다. 금전적 크기보다는 마음의 크기 때문에 여운이 컸던 적이 많았다. 김수행 선생님은 런던의 아들이 끌고 다니던 조그마한 피아트Fiat 차를 '뺏어다가' 우리 부부에게 주었다. 학생이라 하더라도 아이가 있으니 차가 필요할 것이라면서. 당신의 아들은 차 없이도 살 수 있고 새로 사면 된다고 하셨다. 이 말을 참 무심하게 하셨다. 참 따뜻했다.

변형윤 교수님은 어느 날 일행과 함께 케임브리지를 찾으셨다. 푸짐한 점심을 한 끼 내신 뒤, 주위 몇몇 분들과 나누어 쓰라고 선물을 주고 가셨다. 살뜰하게 보자기에 담긴 것을 전해주면서 "그 밑에 있는 봉투는 이군의 것이니 꼭 챙기게" 하셨다. 목소리를 잔뜩 낮춰서 말하시는 바람에 나는 덩달아 긴장했다. 먹을 것이 잔뜩 담긴 보자기 밑에는 큰 봉투가 접혀 있었다. 열어보니 아무것도 없었다. 혹시나 해서 봉투를 넓게 열어서 흔들어 대었더니, 초록색 달러 몇 장이 공중에 날리며 떨어졌다. 순간, 눈이 뜨거워졌다.

고마운 마음에, 교수님이 좋아하시는 경제학자 마샬이 그려진 머크 컵 두 개를 사서 보내드렸다. 어느 새해 아침, 교수님은 연하장을 보내주셨다. 학 두 마리가

앉아 있는 그림에 근하신년이라고 적힌 하얀 연하장 한
가운데에는 이런 글귀가 있었다.

"이 군, 머그 컵 두 개를 잘 수령하였음."

영수증 같은 연하장을 아내와 돌려보며 한참 웃었
다.

학교 생활에 정착하는 데 장하준 교수님의 도움도
컸다. 늘 웃으며 도와주셨다. 전세금을 맡아 '운용'해주
던 선배도 꼬박꼬박 생활비를 보내주셨다. 당시 큰 펀드
를 운용하셨는데, 내 펀드의 액수는 가장 적었고 고객은
제일 까다로웠다.

선배의 슈퍼스타급 노력에도 우리 생활자금 펀드
는 계속 쪼그라들고 있었다.

엄마

영국의 첫겨울은 뼈가 시리도록 추웠다. 분명히 기온은 그리 낮지 않았지만, 음습한 기운이 옷과 살을 파고들어 뼈마디 사이사이에 곰팡이를 만들어내고 있었다. 정기적으로 따뜻한 방바닥에 앞뒤로 몸을 굴려 구워줘야 개운해지는 몸뚱이였는데, 거기에는 전기장판조차 없었다. 라디에이터에 등판을 대고 쭈그리고 앉아 있는 수밖에 없었다. 등만 따뜻하고, 머리는 외풍으로 시원했다. 실내에 있어도 바깥 공기를 가늠할 수 있었다.

주변은 늘 따뜻했다. 은총도 넘쳤다. 길 건너에는 한인교회 목사님 내외가 사셨다. 전도하러 오셨을 때 불자라고 말씀드렸는데도 늘 내 손을 잡고 우리 집을 위해 기도한다고 하셨다.

인복이 넘쳐 하나님의 보호까지 받고 있었다.

다시, 엄마

한 달에 한 번 정도 런던 한인 슈퍼에서 식료품을 실은 트럭이 왔다. 그날은 유학생들의 장날이었다. 서로 안부를 묻고 하하호호 웃다가 줄을 서서 트럭 창고에 들어가서 필요한 식료품을 담았다. 계산대 입구에 진열된 비디오테이프도 잊지 않았다. 수십 번에 걸쳐 겹쳐 녹화된 오래된 테이프로 〈일요일 일요일 밤에〉를 보며 엉망으로 담근 김치에 떡국이라도 먹어주면 스트레스가 쫘악 풀렸다. 역시 코미디는 한국말로 봐야 했다. 개떡같이 말해도 찰떡같이 알아들을 수 있었으니까.

빠듯한 살림살이였지만 본차이나 그릇 아웃렛도 갔다. 근교에 있던 버버리 공장에도 갔다. 몇 달에 한 번씩 개방해서 물건을 쌓아두고 할인가격으로 팔았다. 친구들과 함께 가서 셔츠나 머플러를 구입해 한국의 가족들에게 선물로 보내기도 했다. "이렇게 싸게 파는데 안 사면 손해"라며 남편에겐 큰소리로 당당하게 '변명'을 늘어놓았다. 생활 수준과는 시베리아만큼 동떨어진 행동이었다. 오래 못 가서 철퇴를 맞았다. 정해진 생활비를 나의 허영기가 쪼그라들게 했고 조국에서 불어온 바람이 그마저 후, 불어 날려버렸다.

IMF 사태가 터졌다.

아빠

공부는 우왕좌왕이었다. 노동 관련 연구를 계속 이어갈 생각이었는데, 지도교수를 빨리 결정해야 했다. 케임브리지 박사과정은 도제식이었다. 강의나 수업 없이 교수의 개인지도를 통해 학생이 논문을 완성하는 방식이었다. 지도교수가 학생의 명운을 결정했다.

생각해둔 교수의 석사과정에 수업을 청강했다. 나의 저렴한 영어 실력 때문에, 수업 내용은 내게 한마디로 '짐작 가능, 확인 불가'였다. 무슨 배짱이었는지 나는 계속 손을 들고 물었다. 교수는 처음에는 기특하다는 표정이었다. 하지만 버벅대는 영어로 무슨 소리인지 알 수 없는 말을 늘어놓으니, 나의 질문은 수업의 방해물이었다. 서너 차례 그러고 나니, 교수는 내가 손을 올리자 눈짓으로 손을 내리라고 했다. 나는 머쓱해졌다.

놀랍게도 교수는 나를 지도학생으로 받아들였다. 논문 계획서를 써 오라고 했다. 나는 끙끙대면서 30쪽이 넘는 계획서를 준비해서 당당하게 제출했다. 며칠 후 교수를 만나러 가니, 계획서에는 그의 깨알 같은 논평이 적혀 있었다. 그걸 내게 주면서 말했다. "너는 여기에 백과사전을 쓰려고 왔니? 박사논문을 써야지." 그러면서 계획서 중간 부분을 펼치더니 문단 두 개에 큰 동그라미

를 그렸다. "이걸 네 논문 주제로 하지." 나의 장대했던
계획 중 60분의 1만이 쓸 만했다는 뜻이었다. 얼굴이 화
끈했다.

그렇게 '뜨겁게' 논문작업이 시작되었다.

엄마

환율이 갑자기 두 배가 되더니 한국에서 보내오는 돈은 반 토막이 되었다. 게다가 지도교수를 만나고 온 날, 남편은 늘 풀이 죽어 있었다. 철저한 빨간 펜 선생님이셨던 지도교수는 논문에 가차 없이 빨간 줄을 그었다. 논문 스트레스에 IMF까지 터지는 바람에 남편은 담배만 늘려갔다.

영국에서는 담뱃값이 특히나 비쌌다. 상대적으로 저렴한 한국 담배를 소포로 보내달라고 시댁에 부탁드렸다. 원래 담배는 세금이 붙는 물품이었는데 운이 좋을 때는 그냥 받아볼 수 있었다. 그럴 때면 어머님은 검은 비닐봉지에 돌돌 싸서 보냈기 때문에 통관에서 안 걸린 거라면서 엄청 자랑스러워하셨다.

엑스레이도 막아내는 천하무적 비닐봉지였다.

다시, 엄마

똥인지 된장인지 찍어 먹어봐야 정신을 차리던 나는 우리 집 살림에 꼭 도움이 되고 싶었다. 남편에게만 계속 짐을 지우기가 미안해서 덜컥 일을 저질렀다. 머리핀 장사를 시작한 것이다.

일주일에 한 번씩 열리는 동네 벼룩시장에 몇 번 나갔던 경험이 출발점이었다. 아무리 생각해도 알록달록한 머리 방울과 어여쁜 핀이 젊은 대학도시 케임브리지에서 안 먹힐 이유가 없었다. 물론 오래 묵은 개인적 질투도 한몫을 했다. 초등학교 때 옆 반 여자아이는 '메이드 인 USA' 똑딱이 핀을 단정하게 옆머리에 꽂고 길게 땋은 머리끝에 파스텔 색깔의 왕방울을 달랑달랑 매고 다녔다. 너무 부러웠다.

야심 차게 준비한 사업은 착착 진행되었다. 가게가 없으니 가두 판매를 해야 했다. 그러기 위해 필요한 1년짜리 허가증도 경찰서에서 받아두었다. 지인에게 부탁한 머리핀도 한국에서 도착했다. 시내에 끌고 나가서 쉽게 좌판을 펼칠 수 있도록 남편은 바퀴 달린 가판대를 멋지게(라고 말해야 덜 서글퍼질 것 같다) 만들어주었다. 처음엔 좀 창피했지만 뭐 나쁜 짓 하는 것도 아닌데 떳떳하지 못할 이유도 없었다. 자신 있게 길거리로 나섰다.

자신감만으로는 판매를 보장하지 못했다. 대실패였다. 영국 여성들은 한국 사람들처럼 머리핀을 그다지 사용하지 않았다. 딸이 다닌 유치원만 해도 그렇다. 우리 딸은 어제는 곰돌이 방울, 오늘은 딸기 머리띠를 하고 다녔지만 같은 반 친구들은 생머리가 나일롱 빗자루처럼 헝클어질 대로 헝클어져도 그냥 다녔다. 나는 그게 다 패션의 세계를 아직까지 영접 못 한 미래의 고객이라고 생각했다. 낙천적이고 잘될 면만 보는 나의 실수였다. 나처럼 머리핀 수입장사를 생각해본 사람이 왜 없었겠나. 다 수익성이 없으니까 포기했겠지. 철저한 시장조사 없이 무작정 시작한 일은 망한다는 교훈만 일깨워 주었다(물론 그 교훈은 곧 잊혔다. 훗날 다시 사업을 도모하고 똑같이 망했다).

무엇보다도 가장 결정적인 이유는 우리 두 사람이었다. 이 와중에 우리의 사랑이 식지 않았다. 둘째를 임신해서 입덧을 시작했기 때문이다.

그리하여 가정경제에 보탬이 되고자 거창하게 벌인 사업은 엄청난 재고만 남기고 막을 내렸다.

아빠

즐겁고도 힘겨운 시간이었다. 케임브리지는 가족과 지내기에는 최적이었다. 새로운 친구들도 만나서 어울렸다. 서로 의지하며 지낼 수 있는 좋은 사람들을 만났다. 사람을 좋아하는 아내에게는 이것보다 중요한 것이 없었다. 그들 덕분에 아내는 유쾌하게 웃으며 지낼 수 있었다.

연구 환경도 최적이었다. 하지만 공부는 쉽지 않았다. 부지런히 고민하고 꼼꼼히 적어서 지도교수에게 보내면, 그는 내가 쓴 것보다 훨씬 긴 논평을 적어 보냈다. 일주일에 한 번씩 만나는 일도 실망의 연속이었다. 이번에는 뭔가 느낌이 좋다면서 그의 연구실에 들어섰다가, 머릿속이 하얗게 되어 나왔다. 자신만만했던 부분은 엉망이었고, 별다른 생각 없이 쓴 곳은 좋다고 했다. 내가 뭘 잘하는지, 또 뭘 못하는지도 알 수 없었다. 그저 배 힘으로 바닥을 기어서 갓난아이처럼 앞으로 나가야겠다는 생각밖에 없었다.

내게 주어진 시간이 많지 않았다. 설상가상으로 영국에 온 다음 해에는 IMF 위기가 터졌다. 환율은 두 배로 뛰었고, 한국에 두고 온 전세금은 영국 파운화로 따지면 반 토막이 났다. 담배 한 개비 빌리는 것도 미안해졌다. 3년을 버티기도 빠듯해졌다. 그래서 틈만 나면, 장학금 지원을 요청하는 편지를 썼다. 각종 장학재단에 쓴 편지만도 수십 통이었다. 대부분 답이 없었지만, 더러는 수표를 보내주었다. 대부분 몇십만 원, 때로는 몇백만 원을 보내주기도 했다. 작지만 큰 도움이었다.

지도교수도 우리 처지를 알았다. 그래서 나를 더 맵게 몰아붙였다.

엄마

이웃에 살던 후배 유학생 부인이 출산을 했다. 나는 작은 장난감을 하나 사들고 방문을 했다. 산후조리를 위해 친정어머니가 와 계셨다. 내가 임신을 했다는 소리를 들으시고는 무슨 음식이 제일 생각이 나느냐고 하시면서 밥을 먹고 가라고 하셨다. 부산 출신이라 그런지 조기가 제일 먹고 싶다고 했다. 아주 잠깐 생각하시더니, 딸과 사위에게 주려고 가져오신 귀한 굴비를 한 마리 꺼내서 구워주셨다. 굴비 접시 위로 굵은 눈물이 떨어졌다. 엄마가 보고 싶었다.

배는 점점 불러왔다. 먹고 싶은 음식이 삼백육십 가지였지만, 시원한 우동 국물 한 사발만 들이켜면 삼백오십아홉 가지는 참을 수 있겠다 싶었다. 마침 시내에 아시아 우동집이 생겼다고 했다. 무리한 외식이었지만, 들뜬 마음에 따끈한 국물 우동을 주문하고 기다렸다.

그런데 내 앞에 나온 것은 볶음 우동이었다. 남편이 잘못 시킨 거였다. 다시 시키기엔 돈이 아까워 울면서 먹을 수밖에 없었다. 메뉴판도 제대로 못 읽으면서 무슨 박사를 한다는 건지 너무 짜증이 났다. 주먹으로 한 대 치고 싶었다.

내 인생 최고의 밥상과 최악의 밥상은 이렇게 같은

호르몬이 작용할 때 일어났다. 그렇게 태어난 둘째는 생선은 싫어하고 우동을 좋아한다.

아빠

둘째는 태어났고 논문은 아직 막바지였지만, 약속의 3년은 훌쩍 지났다. 학교에서 내어준 숙소를 나와서 집을 알아봐야 했다. 곧 끝낼 것이라는 의욕 때문에 짧게 지낼 곳을 찾았다. 의욕이 넘쳐서 차에 짐을 싣고 몇 차례 더 옮겨다녀야 했다. 주위 사람의 도움으로 평생 처음 빚도 내었다. 아이 둘을 데리고 떠돌아다녔다.

아내는 그래도 잘 버텨주었다. 언젠가 일주일 동안 잠시 머물렀던 집에서 위스키를 잔뜩 들여다 마시고 밤새 울었다가 웃었다 하더니, 다음 날에는 씩씩한 그녀로 돌아왔다.

직장도 찾았다. 한국에 돌아갈 것도 막막해서 영국에서 직장을 알아봤다. 지도교수는 나를 말렸다. 네 식구를 건사할 만한 월급을 주는 학교는 많지 않다는 얘기였다. 여러 군데 지원을 했지만, 자꾸 움츠러들기만 했다.

그때 마침 국제노동기구ILO에서 연락이 왔다. 생활비를 벌겠다고 연구용역을 한 적도 있는 부서의 과장이 전화했다. 논문은 어떻게 되어 가냐, 학위가 끝나면 무얼 할 것인가를 물었다. 나는 논문은 곧 끝날 것이고 그 이후에는 실업자가 될 것 같다고 했다. 나는 진지하게 애기했는데, 상대는 재미있다고 낄낄 웃었다. 그러면 실업자 노릇 하지 말고 제네바에 와서 일할 생각은 없는지 물었다. 잘 모르겠다고 했더니, 연구업무 관련해서 몇 가지 서류를 보내줄 테니 살펴봐달라고 했다. 알겠노라고 답했지만, 큰 관심은 없었다. 아직까지 "패기"가 넘쳐서 국제노동기구에 대한 선입견이 강했던 때였다.

서류를 보내왔다. 그런데 연구와 관련된 내용은 하나도 없고, 채용규정과 월급표만 보내왔다. 월급표를 보고 깜짝 놀랐다. 내게는 큰돈이었다. 2~3년 정도 일하면 빚을 갚고 한국에 갈 수 있을 정도였다. 마음이 흔들렸다. 마음이 흔들리니 '구실거리'도 생겨났다. 대학 공부도 오래 했으니 정책 관련 일을 하는 것도 좋은 경험이 될 것 아닌가. 아내도 그러자고 했다. 턱 끝까지 차오르는 삶에 쉼표 하나쯤은 필요하다는 생각까지 들었다. 며칠 고민하고 채용공모에 지원하겠다고 알렸다. 얼마 안 있어서, 공식 채용공고가 났다.

우리는 그때 제네바가 얼마나 비싼 곳인지 알지 못했다. 알려고 하지도 않았다. 종이에 적힌 숫자에 현혹되어 '천상의 환희'를 꿈꾸었다.

짧았지만 달콤했고, 깨어나자 아찔했다.

엄마

식구가 넷이 되었다. 남편의 논문은 끝이 보였지만 전세 자금은 이미 바닥나고 기숙사를 떠나야 했다. 새로 이사 가야 할 집에 들어가기까지 몇 주 동안은 자동차에 살림살이를 싣고 남의 집을 떠돌았다. 불 위에는 음식이 끓어 넘치는데 전화벨이 울리고, 화장실도 급한데 아이까지 울고 있는 형국이었다.

다 같이 힘든 시기였지만 기꺼이 머물 곳을 나눠주었고 생활비를 빌려주는 친구들 덕분에 버틸 수 있었다. 유학을 오기 전부터 주변에 엄청난 신세를 지고 왔다. 그 끝이 대체 언제려나 싶은 게 이만저만 속이 상하는 게 아니었다. 잘 마시지도 못하는 독한 술을 밤새 마시고 남편에게 울면서 진상을 부렸다. 그도 답답하기는 매한가지였는데 내 술주정을 묵묵히 들어주었다. 다음 날엔 아무 일도 없었다는 듯이 대해줬다.

우동을 잘못 주문했을 때 속으로만 주먹을 날리길 잘했다.

아빠

논문심사 날이었다. 온몸의 세포가 요란하게 떨어야 하는 날인데, 나는 한가로웠다. 퇴짜를 맞을 수도 있고 전면 수정 후에 재심사가 떨어질 수도 있는데, 나는 '이제 마지막'이라는 마법 같은 주문에 사로잡혀 있었다. 대책 없는 안온함과 근거 없는 자신감 덕분에 심사교수의 질문에 스스럼없이 답했다. 어떻게 답했는지를 기억하지 못하니, 제대로 답했는지는 당연히 알지 못한다.

단 한 가지 기억하는 것은 심사교수의 경건한 사과였다. 심사교수가 잠시 책상을 비운 동안 그의 아들이 내 논문에 잔뜩 그림을 그려놓았다. 그는 화들짝 놀라 아들의 '작품'을 열심히 지웠지만, 흔적을 완전히 없애지 못했다. 나는 단박에 눈치를 챘고, 지도교수는 지체없이 사과했다. 이 덕분이었을까. 논문은 수정 없이 통과되었다. 몇 년 후 그 아이를 만난 적이 있다. 겨우 여섯 살에 불과했지만, 나이가 무슨 대수랴. 나는 그에게 온몸에서 우러나는 깊은 감사를 머리 조아리며 전했다.

규정상 논문심사에는 지도교수가 참석하지 못한다. 내 지도교수는 당신의 연구실에서 초조하게 기다리고 있었다. 내가 부리나케 달려가 결과를 알려주었더니,

샴페인을 따고 내게 한 잔 따라주었다. 너무너무 축하한다고 건배를 권하는 그의 눈에는 눈물이 그렁그렁 맺혀 있었다. 그의 얼굴을 차마 보지 못하고, 나는 모른 척 샴페인을 연거푸 들이마셨다. 몇 잔의 건배로 얼굴은 금세 빨개졌다. 내 눈가도 같이 빨개졌다.

이렇게 아름다운 사람이라니.

기나긴 겨울이 끝나고 봄이 오던 날 케임브리지를 떠났다. 꼭 3년 반 만이다. 딸이 이끌어 바람을 따라온 곳이었다. 덕분에 딸을 지켰고 아들을 얻었다.

이제 다시 바람이 불어 이끄는 그곳으로 간다.

엄마

남편의 논문이 통과되었다. 3년 반의 유학생활 동안 우리는 딸의 건강, 둘째 아이, 학위, 평생 친구들, 약간의 빚 그리고 시커멓고 기미 가득한 얼굴의 아줌마 한 명을 얻었다. 이제는 또 직장을 따라 스위스 제네바로 간다고 한다. 그곳은 불어를 쓴다고 했다. 영어면 어떻고 불어면 어떠랴. 있는 재산을 까먹으면서도 살아남았고 돈을 벌면서 살 수 있다는데 그깟 언어가 무슨 대수랴. 용감하게 떠났다.

나는 순진했고 제네바는 만만치 않았다.

8장 바깥에서 머물다

이박사

제네바에 도착한 날은 노동절(메이데이)이었다. 국제노동기구는 노동절에 쉬었다. 풍요하고 호화스러운 도시에는 끝없이 펼쳐진 듯한 호수가 있다. 호수의 물결마저 고급스럽게 빛났다. 풍족하지만 불편한 도시에 우리가 왔다. 이곳은 불어를 사용한다. 영어의 늪에서 벗어나자마자 불어의 수렁에 빠졌다.

임시로 잡은 숙소는 최고급 호텔 바로 앞에 있었다. 딸아이는 매일 창밖을 내다보며 중동의 부자들이 신고 오는 가방이 몇 개인지를 부지런히 세었다. 보통 하나둘이면 끝날 일일 텐데, 아이들은 열하나, 열둘, 그렇게 계속 세어가고 있었다. 둘째 아이는 그 셈 소리에 맞춰 폴짝폴짝 뛰었다. 아내와 나는 신문에 나온 집들의 월세를 보고 있었다. '미친 것 아냐' 하며 깜짝 놀란 표정은 곧 '우린 망했어'라는 암담한 표정으로 바뀌었다. 우리는 그렇게 제네바를 만났다.

그래도 우리 가족에게는 안정적인 첫 직장이었다. 내가 일해서 번 것으로 빚을 갚고 가족과 살아갈 수 있다는 뜻이었다. 아내는 남에게 피해 주는 것을 싫어했고, 특히 남에게 빚지는 것을 병적으로 싫어했다. 비싸고 허황된 도시에 왔지만, 우리가 삶의 조종석에 앉아서

무어라도 해볼 수 있게 되었다. 그것만으로 좋았다. 아
내와 아이들은 활짝 웃으며, 우린 사진을 많이도 찍었
다.

또 2~3년 지내다가 떠날 곳이 아닌가.

옥쌤

제네바에서 그 월급을 받고 일하면 우리는 금방 부자가 될 줄 알았다. 한국에 계신 부모님께도 용돈을 팍팍 드리겠다고 큰소리를 뻥뻥 쳐놓고 왔다. 그런데 여기 물가를 며칠 경험해보니 곧 망했다는 걸 알았다. 그나마 빚지고 살지는 않게 되었다는 게 마음의 위안이었다.

큰아이는 학교에서 영어로 공부하고, 작은아이는 유치원에서 불어를 했다. 그리고 다 같이 집에 모이면 엄마의 진한 경상도 말에 장단을 맞춰야 했다. 둘째 아이는 스트레스로 손톱을 물어뜯다 못해 발톱까지 뜯었다. 선생님이 나눠주는 불어 알림장을 제대로 이해하지 못한 적도 많았다.

어느 날, 둘째의 손을 잡고 유치원에 갔더니 이상하게 조용했다. 우리를 유심히 보던 수위 아저씨가 오늘 노는 날이라고 했다. 슈퍼에 가면 표지에 그려진 그림을 보고 물건을 사야 하는 내 인생도 만만치 않게 한심했다. 특히 돈 계산이 서툴러서 항상 지폐를 내다 보니 집에는 거슬러 받은 동전들이 가득이었다. 손톱을 물어뜯어야 할 사람은 바로 나였다.

또 다른 어느 날, 둘째가 잔뜩 흥분해서 집에 돌아왔다. 유치원에서 만난 외국인 친구가 신기하게 한국말을 할 줄 안다는 것이었다. 그러냐고 맞짱을 쳐주면서 물었다. 무슨 한국말? 아들은 눈을 똥그랗게 뜨고 말했다. "아이스크림!"

우리는 제대로 된 한국말을 가르치기 위해 아이들을 한글학교에 보내기 시작했다. 둘째까지 유아반에 들어가면서는 나도 한글학교 선생님이 되어 함께 다녔다. 그때부터 옥쌤이라 불리기 시작했다.

그러나 여전히 바깥세상에서는 흰색은 종이고 검은색은 글자인 생활이었다.

이박사

회사 건물은 웅장했다. 사무실 밖으로 제네바 호수가 훤히 펼쳐져 있었고, 저녁에는 노을에 물들어가는 몽블랑을 볼 수 있었다. 흰 산을 뜻하는 몽블랑은 해 질 녘에 오렌지빛으로 타올랐다.

회사 일은 엉망이었다. 나를 채용한 부서는 이른바 '문제 부서'였다. 빈자리도 많았고, 연구 프로그램도 없었다. 처음 만난 직장동료에게 소속을 밝히면, 다들 '이걸 어째' 하는 표정이었다. 부서장은 나를 반갑게 맞이하고서는 큰 그림은 이렇고 저러하니 구체적인 업무는 알아서 하라고 했다. 황당하기도 하면서 마음이 편했다. 정말 내 마음대로 하면 되는 줄 알았다.

당연히 크고 작은 사고가 이어졌다. 결국 부서장의 호출이 있었다. 며칠 전 어느 나라에 이메일로 보낸 답장이 화근이었다. 여차저차한 실증연구 결과에 따르면 그런 정책은 좋지 않다고 잘라서 답변했다. 논문 형식에 따라서 서론, 본론, 결론으로 구성되어서, 보기 드물게 '알찬' 이메일이었다. 부서장은 나를 보고 긴 한숨을 내쉬었다. "헤이, 상헌. 당신 지금 논문 쓰는 거야? 당신 어디서 일하는지 몰라? 여기 유엔이라고! 외교적 문법과 언어를 써야 하는 것 몰라? 당장 새로 이메일 써서 보내도록 해." 또 그놈의 영어가 문제였다. 외교적 영어라니.
나더러 영어 공부를 새로 하라는 뜻이었다.

　아내는 아내대로 집에서 자신만의 전투를 벌였다.
다섯 살짜리 딸과 막 돌을 지낸 아들은 아내만 뚫어지게
바라보고 있었다.

　우리 둘에게는 또 다른 시작이었다.

옥쌤

온종일 애 둘과 살림살이에 시달리다 보면 문득 여기는 어디고 나는 누구인가 하는 의문이 들 때가 있었다. 아이들이 학교에 적응하니 또다시 내 존재를 확인하고자 하는 병이 도지기 시작했다. 다시 한번 사업에 도전했다.

우선 김치 장사. 큰아이 학교에서 일본인 학부모들과도 친해지게 되었다. 김치를 엄청나게 좋아한다는 사람들이었다. 갑자기 김치를 팔아보자는 아이디어가 모락모락 떠올랐다. 영국에서의 머리핀 장사가 생활고를 덜기 위해 시작한 일이었다면, 이번 김치 장사는 뭔가 내 일을 해보고 싶은 마음이 더 컸다.

번개처럼 실행에 옮겼다. 나는 바로 그날 작은 플라스틱 박스에 막김치를 담아 팔고 있는 일본 가게를 무작정 찾아갔다. 내가 김치를 만들 테니 너희 가게에 진열해놓고 팔아줄 수 없냐고 물었다. "아이고, 마침 잘 오셨네요. 당장 보내주세요"라는 대답을 기대했는데, 가게 주인은 납품받는 곳이 따로 있다고 했다. 전략은 없고 용기는 넘쳤다.

할 수 없이 주변 일본 아줌마들을 공략하기 시작했다. 요리를 잘하는 편은 아닌데도 몇 달간 주문이 조금씩 들어왔다. 입소문을 타고 살짝 재미를 느끼려고 하던 와중에 단체 주문이 들어왔다. 무려 이십만 원이나 되는 주문이었다. 이러다가 재벌이 되어 한국을 빛낸 글로벌 인재로 소문나서 방송국 인터뷰하는 거 아니야? 이렇게 미리 깨방정을 놓으며 친구에게 자랑하다가 흥분한 나머지 소금을 쏟아버렸다. 그 김치는 소태가 되었다.

그 이후로 김치 사업을 접어야 했다. 왜 실패했을까 고민해봤다. 첫째는 맛이 일정하게 나오지 않았기 때문이다. 아마추어 주제에 한식의 최고봉인 김치에 도전장을 냈으니 망하는 게 당연했다. 둘째는 절실함이 부족했기 때문이다. 삼시 세끼 밥을 하고 온종일 아기 붙들고 대화하고 장난감으로 어질러진 집 정리에 365일을 보내다 보면, 세상이 나만 빼고 돌아간다고 느껴졌다. 그러다 보니 마음이 급해지고 뭔가를 끊임없이 해보고 싶은 조바심이 생겼다. 일단은 해보고 아니다 싶을 때 접으면 그만이라는 생각도 있었다. 남편 월급으로 먹고살 방편은 있었으니까. 부끄럽지만, 그때는 그랬다.

두 번째로 도전한 것은 문구류 장사. 일에 대한 미련이 계속 남아 한국에서 작고 예쁜 문구류를 가져다가 아이들 학교 바자회 등에서 팔아보기도 했다. 김치 장사의 매운 실패에도 나의 야심은 커졌다. 한국에서 엄청난

양의 제품을 가져왔다. 물건은 큰 트럭에 실려 제네바
로 운반되었다. 유난히 어두웠던 그날 밤, 남편은 트럭
을 보고 까무라쳤다. 나도 놀랐지만, 놀라지 않은 척했
다. 벌써 무너지면 안 되니까. 보관할 장소는 당연히 없
었다. 차고에서 차는 밀려났다.

하지만 판매가 쉽지 않았다. 바자회가 일 년에 열두
번씩 열리는 것도 아니었다. 가게를 통해 파는 것도 어
려웠다. 결국 그 사업도 접었다. 목돈 들이고 시작해서
푼돈 버는 꼴이었기 때문이다. 엄청난 규모의 재고는 지
금도 우리 집 창고에 있다. 남편의 놀림거리다.

그럼에도 나와 같은 처지의 누군가가 그때의 나처
럼 뭐라도 해보고 싶다고 한다면, 무조건 말리고 싶지는
않다. 실패도 경험해보라고 하고 싶다. 사랑을 책으로
배울 수 없듯이 말이다.

사실 내 본업은 많고도 많았다. 출퇴근 등하교 전문
운전기사이고, 제네바판 〈삼시 세끼〉 프로그램의 감독
겸 주연배우이기도 했다. 게다가 미용·이발은 기본이었
고, 옷 수선, 막힌 변기와 세면대를 뚫는 것은 심심풀이
부업이었다. 손님 초대나 수십 명분의 단체 음식 만들기
는 덤인 생활이었다. 항상 행복하고 즐거웠다면 그건 아
마 거짓말이겠지만, 그때의 경험이 살아가는 힘이었다.

　게다가 남편은 내가 새로운 일을 시작하고 망할 때 단 한 번도 불편한 기색을 내보이지 않았다. 보살이었다. 투자금을 내놓으라면 선뜻 내어주었다. 가계출납부에서 투자가 아니라 이미 비용으로 처리했다면서 웃었다. 남편은 현명했다. 투자원금을 회수한 적은 한 번도 없다.

　스스로가 어떤 사람인지 깨닫는 데는 공짜가 없었다. 돈과 시간과 배우자의 인내가 필요했다.

　벌어들이는 삶에는 인연이 없고, 나누는 삶이 내 적성에 딱 맞았다.

이박사

역시 시간이 약이었다. 처음에 어렵고 걱정스러웠
던 것들은 시간이 지나면서 조금씩 편해졌다. 소통은 여
전히 어려웠지만, 풍경과 사람에는 익숙해졌다. 여전히
제네바에서 겉도는 삶이었지만, 그런 삶을 받아들이는
여유는 생겼다.

시간만 나면 통장 잔고를 확인했다. 빚 청산은 순
항 중이었다. 어쩌다 잔고가 있을 때도 있었는데, 마치
누군가 우리 계좌를 훔쳐보기라도 하는 것처럼 그럴 때
마다 돈이 나갈 일이 생겼다. 우리는 빚을 냈지만 남에
게는 빚을 지우지 않으려 했다. 따라서 한 번 나가면 돌
아오지 않는 돈이었다. 인심 쓰고 생색내고 나서 한숨을
쉬는 일도 많았다. 나는 그렇겠거니 하는 운명론자였으
나, 아내는 그걸 좋아라고 하는 낙관적 실천주의자였다.
아내와 긴 시간 같이 살아도 이해가 안 되는 것은 어쩔
수 없다. 바람과 함께 온, 또 다른 운명이라 생각할 수밖
에. 그리고 금전적 문제에서 운명론자와 낙관주의자가
만났으니, 가계의 운명은 전혀 낙관적이지 않았다.

사무실에서는 나는 애를 좀 더 썼다. 그런 개인적
노력은 가상하나, 전체적인 분위기를 넘어설 수는 없었
다. 첫해가 속절없이 지나고 둘째 해도 시나브로 지나

가고 있었다. 논문 몇 편 말고는 내가 손에 잡히게 한 일
은 없었다. 게다가 나를 불러왔던 부서장은 불의의 사건
으로 물러났다. 그녀를 물러나게 하는 일에 나도 앞장섰
다. 그녀도 갔으니, 이제 나도 떠나야 할 시간. 이미 계
획했던 일이니 부산을 피울 일도 아니었다.

　또다시 한 번 바람이 불어오길 기다렸다.

옥쌤

우리 집에는 유난히 손님이 많았다. 친척, 친구, 직장 동료는 기본이고 국제노동기구에서 일을 하다 보니 업무과 관계된 분들의 출장이 잦았다. 회의, 연구, 연수 때문에 오는 사람들이 많았다. "뼈를 묻을 각오로" 억울한 사연을 알리러 제네바를 방문하시는 분들도 계셨다. 그럴 때마다 남편은 그분들을 도왔고, 또 집으로 초대했다. 낯선 외국에서 먹는 따뜻한 쌀밥 한 끼가 얼마나 소중한지 누구보다 우리가 잘 알기 때문이었다.

인원수가 많고 날씨가 좋으면 야외에서 바비큐를 했고, 인원이 적고 날이 궂으면 집으로 모셨다. 집으로 올 형편이 안 되면 음식을 해서 싸다 날랐다. 한국과 영국에서 받은 사랑을 제네바에서 갚는다는 생각이 들 정도였다. 같이 떠들썩하게 먹고 마시는 것을 남편도 나도 좋아했다.

그중 최고의 손님은 시부모님이셨다. 내가 사람을 좋아하기는 하지만 며느리와 시부모라는 관계적 특수성 때문에 친해지기가 그리 쉽지는 않았다. 그런데 드디어 오신 것이었다. 큰댁 큰어머님과 함께 오셨다. 친척들로부터 똥도 아깝다고 얘기 듣던 아들이 외국에서 학위 따고 번듯하게 취직까지 하느라 고생하는데 며느리는 내 아들 등골을 빼먹는다고 걱정하고 있는 것은 아닌지. 나는 그게 걱정이었다. 드라마에서는 늘 그랬으니까. 그리고 눈으로 확인하지 않으면 혼자 만리장성 쌓게 되기 마련이니까 말이다.

이 주일 동안 좁은 집에서 부대껴 지냈다. 함께 장보고, 밥을 해먹고, 거실에 화투판을 벌리고 머리 맞대고 앉아 광을 팔고 피박을 몇 번 쓴 후에야, 나는 우리가 진정한 식구가 되었다고 느꼈다. 어머님과 내밀한 얘기도 할 수 있었고, 어려울 법한 얘기도 나왔다. 큰어머님은 옆에서 흥을 맞췄다. 아버님은 옆에서 그저 웃을 뿐이었다.

그 이후에 시부모님과 제주도 성산 일출봉에 오를 일이 있었다. 내가 기력 부족으로 제대로 올라가지 못하고 중간에 포기하자, 남편은 나를 한심하게 보았다. 그때 아버님이 나서더니 세게 한마디 거들었다.

"우리 며느리는 고소 공포증이 있어서 높은 데는 못 간다."

이박사

드디어 부서장이 바뀌었다. 부드러운 사람이었다.
첫 만남에서 나는 그만둘 생각이라고 했다. 그는 말렸
다. 나는 의례적인 반응이라 생각했다. 하지만 그의 설
득은 집요하고 공격적이었다. 그는 길게 따지고 나는 짧
게 답했다. 네가 지난 2년 동안 크게 이룬 게 무엇이냐?
없다. 연구직에게 처음 몇 해 업적이 얼마나 중요한지
아느냐? 모른다. 지금 이 상태로 나가면 네가 원하는 곳
은 절대 못 간다는 것은 아느냐? 모른다. 내가 친구이자
선배로서 조언하건대 지금 그만두면 일생의 패착이다.
정말?

　　나는 시크하게 답했지만 내심 걱정이 되었다. 생각
해보니, 그의 말이 딱히 틀린 것도 아니었다. 얼마 후 그
는 커피 한 잔과 크로와상을 사주었다. 나는 순순히 더
있겠다고 약속했다. 그날 커피는 유독 떫고 텁텁했다.
반쯤 남기고 일어섰다.

　　그래, 살면서 어찌 연장전이 없을까. 그렇게 생각하
니, 마음이 약간 가벼워졌다.

　　마음은 늘 내가 만드는 감옥이고 지옥이며 천국이
고 안식처다.

9장 같이 여물다

아빠

제네바의 연장전은 길어졌다. 결승골은 나지 않고 지루한 공방은 계속되었다. 그렇다고 삶에 축구처럼 냉정한 승부킥을 시도할 수도 없었다. 연장전은 끝없이 연장되었다. 본 경기와 연장전의 경계가 엷어지면서 우리는 아이들과 같이 여물어 갔다.

언어의 길도 다르고 생각의 길도 달랐다. 어릴 적 아이들은 우리말을 잘하질 못했다. 자기들끼리 영어로 하다가도 내밀한 얘기를 할 때는 불어를 썼다. 부모를 따돌리자는 '속셈'이었다. 나와 말할 때는 영어로 했다. 아내와는 우리말로 했다. 같은 식탁에 앉아서 아이들이 자기들끼리 좋아라고 떠들면 아내와 나는 멍하게 바라보기만 했다. 무엇 때문에 그렇게 웃음보가 터졌는지 몰랐지만, 아내와 나는 아이들이 웃으면 같이 좋았다.

아이들이 자라는 만큼 어른도 자란다는 것도 그때 알았다.

엄마

제네바에서의 생활은 철저히 분업이었다. 남편과 내가 맡은 역할이 잘 물린 톱니바퀴처럼 돌아갔다. 아이들은 주말엔 공동 육아가 가능했지만 주중의 학교생활이나 과외 활동은 대부분 내가 챙겼다. 아이 둘의 성향은 정반대였지만, 성격의 유형을 떠나서 할 말은 똑 부러지게 다 하고 대책 없이 낙천적이었다.

딸아이는 시험에 유난히 낙천적이었다. 시험 전날에 공부 다 했냐고 물어보면 다 했다고 답했다. 그래서 "시험은 잘 쳤니?" 하면 "네, 잘 쳤어요" 대답하고, "어렵지는 않았니?" 하면 "아니요, 쉬웠어요"라고 대답했다. 그렇게 말하고 받아오는 성적표는 우리를 기함시켰다. 그렇게 한판 혼나면 딸은 눈물을 찍 닦으며 "우리 저녁 먹고 〈무한도전〉 보면 안 돼요?"라고 물었다.

아들은 또 어떤가. 어느 날 등굣길에 하늘이 너무 맑길래, 나는 가끔 한 번씩 하늘도 올려다보라고 했다. 아들은 걱정 말란다. 자기는 적어도 하루에 다섯 번씩은 본다고. 진짜? 언제 그러냐고 물어봤더니, 학교에서 공부하다가 지루하면 하늘을 본다고 했다. 수업 한 시간마다 한 번씩 하늘을 바라보는 셈이었다.

게다가 한글학교는 가는 걸 유독 싫어했다. 엄마가

한글학교 선생인 게 면이 안 설 정도였다. 몸을 배배 꼬
며 싫은 티를 냈다. 그래서 한마디 했다. "네 친구 중에
이탈리아에서 온 애는 이탈리아말 못하니? 스페인에서
온 친구는 스페인말 못하고? 너 나중에 친구들이 놀린
다. 쟤는 생긴 건 한국 애인데 한국말도 못한다"고. 아들
은 지지 않고 답했다. "엄마, 걱정하지 마세요. 다른 사
람들이 나 보고 중국 애 같다고 해요." 너무 어이가 없어
서 "그래서 너는 중국말 잘하니"라고 묻는 걸 잊었다.

　　한국에서 온 다른 집 아이들은 전부 수학 영재이고
전에 다니던 학교에서 일등만 했던 천재라던데 이런 우
리 집 애들을 보고 있자니, 하루에도 천불이 수십 번씩
끓어올랐다. "대체 애들이 누구를 닮은 거야?"라고 남편
이 웃으며 물을 때도 있었다. 그때마다 결혼하기 전에
하신 엄마의 말이 떠올라서 뜨끔했다.

　　"이 서방한테 네 성적표는 보여주고 결혼해야 되는
거 아니니? 나중에 너네 집 애들 공부 못하면 누가 봐도
아빠 탓이라고 하지는 않을 거잖아."

　　그래. 내 탓이다, 내 탓!

아빠

첫 출장지는 암스테르담이었다. 노동시간 관련해서 내로라하는 연구자들이 모두 모였다. 300여 명 가까이 모인 곳에 나의 피부색과 몸매가 도드라졌다. 백인이 아닌 참석자는 나뿐이었다. 백색 물결에 둥둥 떠다니는 느낌이었다. 나는 유럽과 미국의 노동시간을 분석해서 발표했다. 분위기는 싸늘했다. 황당하다는 표정, 뜬금없다는 표정 그리고 "네가 뭔데"라는 표정까지. 어느 노교수는 손을 내저으며 그만하라고 했다. 그제서야 나는 내가 어디서 무얼 하고 있는지를 알았다. 지독했던 자기연민과 결별해야 할 때가 왔다.

결국 신임 부서장이 옳았다. 나는 정신없이 일에 몰두했다. 내 몸 구석에 숨어 있던 병사들을 모두 불러내어 일생일대의 전투라도 벌이는 것처럼 나는 세차게 스스로를 몰아붙였다. 멈추지 않고 계속 밀어붙여서 만들어낸 속도, 그것이 내가 균형을 유지한 방식이었다. 달려야 넘어지지 않는 생활이었다. 그렇게 달렸으니, 다른 사람들 눈에 띄었다. 시키는 일도 하고 부탁하는 일도 떠맡았다. 그리고 새로운 일을 거침없이 만들었다.

폭주의 시절이었다.

엄마

남편은 일로 늘 바빴다. 매년 삼 개월 이상은 출장이어서, 제네바에 없는 날도 많았다. 이름 있는 직장에서 일하는 그는 어디에 가도 대우받았다.

가끔은 그런 소속감이 부러워서 나는 나 같은 외로운 언니들을 모아 인터넷 카페를 만들었다. 유럽에 사는 여성들이 주 멤버였는데, 외국에 있다가 한국에 돌아간 분들도 합류하면서 글로벌한 친목 모임이 되었다. 육아 정보를 공유하는 사이버 이모 공동체도 되었다가, 말못 할 고민도 털어놓게 만드는 대나무 숲도 되었다. 함께 문집도 만들고, 사진 콘테스트를 통해 뽑힌 작품으로 해마다 달력도 만들었다. 전 세계 회원들의 재미난 경험을 바탕으로 극본을 써서 드라마로 만들자고 의기투합해서 방송국 드라마 공모전에 도전한 적도 있었다. 심각하고도 진지했다. 공동 집필자가 비행기를 타고 우리 집으로 와서 1박 2일로 합숙까지 하며 작업을 했다. 공모전에서는 당연히 떨어졌다.

연말이면 사이버 바자회를 연다. 기부할 물건을 게시글로 올린 다음, 지정한 시간에 댓글로 구매 여부를 알리는 방식이다. 가장 빨리 댓글을 남긴 사람이 구매권을 갖게 된다. 경쟁은 치열했다. 나는 남편과 아이들을 동원했다. 바자회 날은 가족 총동원의 날이었다. 한 멤버의 남편이 이 시스템을 만든 사람 '최소 천재'라고 했다는 말을 듣고 "학창 시절의 성적표 따위야 이젠 개나 줘버려" 하며 자신감에 어깨가 으쓱했다.

그렇게 모인 기부금으로 여러 단체에 후원을 했다. 그중 한 곳인 한국 성폭력 상담소로부터 공로상까지 받았다. 혼자서는 엄두를 못 낼 일이었지만 십시일반 숟가락이 모여 이뤄낸 일이었다. 월급이 나오는 곳은 아니지만 어디에 가도 자랑스레 말할 수 있는, 소속감 든든한 우리들의 직장이었다.

집사님과 자매님뿐이던 내 친구 생활에 보살님 친구들도 생겼다. 스위스에서 포교 활동을 하시던 무진 스님을 따라 절에 다니게 되었다. 불교가 모태 신앙이지만 천수경조차 제대로 못 외우는 나이롱 불교 신자였다. 나만 그런 것이 아니라 이 절의 신자들이 한결같이 그랬다. 크리스마스면 예수님의 탄생을 축하하는 기도를 올리고 부처님 오신 날이면 "해피 벌스데이 투 유"를 불렀다. 다들 법회보다 점심 공양에 관심이 많았다. 와인을 곁들이기도 하고, 바깥에서 바비큐도 했다. 법회는 한 시간 이내에 끝내는 엄격함, 점심 공양은 서너 시간까지 이어지는 관대함을 보였다. 뭘 해도 자유로운 분위기가 좋았다.

남 못지않게 바쁜 사회생활이었다.

아빠

폭주 끝에 무너졌다. 정신없이 달리다 보니, 어느 순간 그런 생각이 들었다. 아, 꽤 달려왔구나. 이 정도면 이곳에서 버틸 수 있겠구나. 에휴. 이런 안도감에 속도를 줄였다. 내 삶의 풍경이 갑자기 눈에 들어왔다. 그리고 나는 균형을 잃고 넘어졌다.

번아웃burnout이 왔다. 불면증, 우울증, 패닉이 같이 왔다. 집처럼 편안했던 비행기를 더는 탈 수 없었고, 컴퓨터 화면을 보면서 문장 하나조차 완성할 수 없었다. 찌질거리는 감정과 울렁거리는 불안감으로 시달렸다. 시작도 하지 않은 듯한데, 마지막에 도달한 느낌. 이길 수 있다는 허망한 자존심으로 이 느낌과 싸우려다 보니 상태는 더 악화되었다.

번아웃은 내가 소진되어 생긴 것이지만, 같이 사는 사람도 소진시켰다. 하지만 아내는 내색하지 않았다. 아무 일도 없었다는 것처럼, 웃고 위로했다. 나의 어이없고 유치찬란한 말과 행동에도 성심껏 응대했다. 못 자면 재우고, 징징대면 쓰다듬어 주었다. 두 아이도 돌보고, 나도 돌봤다.

아내는 아이 셋을 키웠다.

엄마

퇴근해서 현관문을 열고 들어온 남편은 가방을 바닥에 내려놓기도 전에 어질러진 거실을 정리하기 시작했다. 나에겐 그 모습이 마치 가정주부인 너는 집에서 온종일 청소도 제대로 안 하고 뭐 했냐고 비난하는 듯한 무언의 압박처럼 느껴졌다. 정해진 역할 분담을 미루고 마냥 직무 유기를 한 사람이 되어버려 불편한 속내를 드러내 보이기도 했지만 남편은 신경 쓰지 말라고, 그냥 보여서 정리하는 것뿐이라고 무심히 넘기곤 했다.

며칠을 계속 그런 행동을 하더니, 그것이 전조였을까. 영국으로 출장 가는 비행기에서 숨이 막힐 듯한 공황 장애가 왔고 기어이 출장지에서 응급실까지 다녀오는 사달이 난 것이다. 그 이후로 비행기를 타야 하는 모든 출장은 취소가 되었고 병원에선 번아웃이라는 진단을 받은 후, 그 질기고 독한 병과의 긴 동행이 시작되었다.

남편은 책임감이 뛰어나고 정신력도 강한 데다가 완벽주의자다. 나는 잡혀서 한 끼만 굶기면 없는 정보까지 불었겠지만 당신은 정신력이 갑 중의 갑이라 독립투사를 했어도 잘했을 거란 농담을 하곤 했을 정도다. 그런 그가 덩치도 언어도 밀리는 외국인 틈바구니에서 버텨내며 일을 하려니 아마 열두 배 더 신경을 곤두세우고 살았을 터다. 무엇보다도 외국에서 가족을 건사해야 된다는 가장으로서의 책임감은 큰 부담이었을 것이다.

그날 이후 남편의 머릿속은 고장 난 컴퓨터 본체처럼, 아무리 전원을 눌러도 화면이 꺼지지 않는 상태가 되었다. 하루에 한 시간도 제대로 잘 수 없는 지경에 이르렀다. 불면을 해소하기 위해 안 해본 방법이 없었다. 약도 먹어보고, 마사지도 받고, 상담도 하고, 운동도 하고, 명상도 하고, 양약, 한약, 침술까지 동원했다. 잠을 못 자는 남편도 고통스럽겠지만 그 와중에 불면증 환자 옆에서 너무 잠이 잘 오는 내 스스로를 조절하는 것도 쉬운 일은 아니었다. 정상인이 정상인처럼 잠을 자는 것조차 심한 죄책감이 들었다.

언제까지 이어질지도 아무도 몰랐다.

아빠

고정희의 시 〈사십대〉를 온몸으로 읽었다.

"쭉정이든 알곡이든/ 제 몸에서 스스로 추수하는 사십대/ 사십대 들녘에 들어서면/ 땅 바닥에 침을 퉤, 뱉어도/ 그것이 외로움이라는 것을 안다/ 다시는 매달리지 않는 날이 와도/ 그것이 슬픔이라는 것을 안다"

시의 뜻을 헤아리지는 못했다. 사십대에 들어서는 사내의 위기가 이 시에서 스스로를 합리화하고 빛내고 싶었을 뿐이었다.

제네바에는 영국 출신 비구니 스님이 한 분 계셨다. 내 상황을 설명하고 불교의 연민을 구하려 했다. 그런데 스님은 다짜고짜 "아휴, 내 그럴 줄 알았어. 아주 잘 되었네"라고 하는 게 아닌가. 그동안 네가 몸을 얼마나 괴롭혔느냐. 정신력이랍시고 온갖 마음을 끌어다가 육신을 달달 볶아대었으니, 이제는 몸이 정신에게 반항하는 거지. 몸에게도 기회를 줘. 빨리 회복하려고 하지 마. 몸에게 시간도 줘야 해. 스님은 속사포처럼 쏘아대었다. 위로의 말은 한마디도 보태지 않았다.

정신이 번쩍 들었다. 그제서야 회복이 시작되었다. 하지만 더디고도 힘들었다.

엄마

남편의 상태가 심해져서 더는 책을 읽을 수도 없고, 글자 한 자조차 쓸 수 없는 지경에 이르렀다. 늘 읽고 쓰는 일이 몸에 밴 남편에게는 사형 선고나 다름없었다. 이런 상황은 그도 처음이고 나도 처음이라 어떻게 대처하고 위로해야 되는지 누구도 몰랐다. 완벽하게 회복되기까지 꼬박 1년이라는 세월이 걸렸는데, 그동안 내가 어떻게 아이들을 돌보고 키웠는지 사실 기억도 잘 나지 않는다.

아이들이 어두운 면이 없이 잘 자라준 걸 보면 남편과 내가 애들에게 영향을 주지 않도록 애를 쓴 탓도 있겠지만, 아마 아이들도 본능적으로 생존 전략을 잘 짠게 아닌가 싶다. 미안하고 안쓰러웠다. 모두가 그저 버텨내야만 하는 시간들이었다.

병이 길어지니 저절로 우울증이 되었다. 그즈음 회사 동료의 사무실에서 그 가족이 투신하는 사건이 일어났다. 지나고 들은 이야기지만 남편은 그 장면을 직접 목격했다고 한다. 그 사건으로 회사에 비상이 걸려 우울증이나 비슷한 증세가 있는 직원들을 특별히 보살펴주기 시작했다. 그 영향도 있어서 같이 일하는 동료들이 신경을 많이 써준 덕분에 남편은 비교적 수월하게 근무

할 수 있었다. 오전엔 주로 사무실에 나가 일하고, 오후
엔 항상 호숫가를 거닐며 끊임없이 대화를 했다. 살면서
남편의 속마음을 가장 허심탄회하게 들었던 때가 아니
었나 싶다. 한 번도 꺼내지 못했던 속내를 드러내며 같
이 울기도 하고, 욕도 하고, 웃기도 했다.

　　한국에 있는 남편 친구들의 도움도 컸다. 수시로 전
화해서 안부를 물어주는데 그때마다 울컥하는지 말을
제대로 잇지 못하고 전화를 끊곤 했다. 친구 하나 없는
타국생활에서 오는 지독한 외로움도 그의 병에 한몫을
했으리라. 가족만으론 채워줄 수 없는 부분이라 더 마음
이 아팠다. 그럴 때면 외국생활 다 접고 한국으로 들어
가야 하는 것인지 수없이 반문하곤 했다. 하지만 힘들고
마음이 어지러운 상태에서는 크고 작은 결정이든 하는
게 아니었다.

　　모든 것이 편안해질 때까지 미뤄두자고 했다.

아빠

겨울이 깊어갈 때였다. 햇살이 조금이라도 나오면 호숫가로 나가서 걸었다. 아내와 많이 걷고 끊임없이 애기했다. 어디서 그렇게 많은 기억들이 숨어 있었던 것인지. 꺼내고 꺼낸 뒤에도 또 다른 기억덩어리가 밀고 올라왔다. 그러고 나면 환한 봄기운이 느껴졌다. 마치 내가 봄날 싹을 피워 올리는 것 같았다.

아내는 늘 옆에 있었다.

엄마

나의 큰 임무 중 하나는 남편의 기분이 처지지 않도록 확인하고 맞춰주는 역할이었다. "나 좋다고 따라다니던 사람 많았는데, 모범택시도 있었고 자가용도 있었구먼, 큰 것이 좋은 줄 알고 봉고를 덜렁 잡아탔더니 대체 박카스에 얼마나 센 약을 탔기에 14년 동안 나를 이리 망망대해에 잡아놓고 멸치 똥을 까게 만드나, 너무한 거 아냐?"라고 했다. 남편은 웃으며 한 병 더 먹인다고 대답했다. 그나마 그 순간에도 서로 유머를 잃지 않고 살았으니 그저 고마운 일이다.

가끔 역효과를 내기도 했다. 한번은 기분을 좋게 하려고 인터넷의 유머 코너를 뒤져서 웃기는 얘기를 모았다가 남편에게 들려주었다. 나는 말하면서 웃음을 멈추질 못했는데, 정작 남편은 한심하다는 듯한 표정으로 쳐다보고 있었다. 그때도 주먹으로 한 대 치고 싶었지만 "당신이 아파서 지금은 봐준다, 나중에 다 나으면 두고 보자"고 타박했다. 내가 누구 때문에 이 고생을 하는데, 이러면서 말이다. 그리고 나는 그 당시 인터넷을 하던 버릇이 부작용으로 남아 지금까지 고질병이 되었고 스트레스로 살도 쪘다고 우겼다. 나의 체중 증가는 모두 남편 탓이었던 것이다.

아무도 믿지 않지만, 나는 확신한다.

아빠

봄이 오고 여름이 오니, 눈앞에 자욱했던 안개가 걷히기 시작했다. 반년 만에 비행기를 탔다. 조마조마하게 비행기 천장만 바라보았다. 두 시간 만에 착륙했는데, 나는 우주선을 타고 떠돌다가 세상에 다시 돌아온 것 같았다.

발밑에 단단한 흙덩이가 느껴졌다.

엄마

계절이 네 번 바뀔 즈음이 되어서야 남편은 조금씩 마음의 짐을 내려놓으면서 병과 동행하며 스스로 다스리는 방법을 터득하게 되었다. 실컷 앓고 난 후에 비로소 예전만큼 일을 완벽하게 끝내지 않아도 마음이 힘들지 않은 법을 알았다고 한다. 남보다 열심히 더 잘해야 한다는 마음도 없어졌다고 했다. 세상에, 우리 남편 입에서 "될 대로 되겠지"라는 말이 나오다니 천지가 개벽할 노릇이었다. 요즘 말로 '정신 승리'를 한 것이다.

남편에게 이런 말을 했다. 내가 가진 사랑이 100이라면 당신에게 50, 두 아이에게 각 25씩 나누고 있는데, 그래서 행복하다고 말이다. 이 말에 멋진 리액션을 기대했던 내 바람과는 달리, 남편은 아주 담담하고 심각하지만 따뜻함이 묻어나는 대답을 했다.

"내가 50의 사랑을 받아 너무 감사한 일이지만 그중 25는 너 자신을 사랑하는 데 쓰면 좋겠어."

짧지만 내게 큰 울림을 주는 말이었다. 지금도 삶의 기준점으로 삼고 있는 고마운 말이기도 하다.

아빠

몸이 회복될 즈음 아내의 생일이 다가왔다. 엽서를
썼다.

봄비 같은 겨울비 내리는 날,

차 안에서 장사익 노래 들으며 그이의 터질 듯한 소
리에 내 마음 다잡아 다독거리던 참에, 갑자기 피아노
소리와 함께 리듬이 경쾌해진다.

〈열아홉 순정〉.

이 노래를 장사익은 참 찰지게 잘도 불러제낀다, 그
렇게 생각했다.

또 생각해보니 우리가 '제대로' 만나기 시작한 게
꼭 열아홉 살 때다.

두 열아홉 순정이 그렇게 만났고, 그게 벌써 20년
전 일이다.

어릴 적 어른들이 20년 전 일 두고 어제 같다고 얘
기할 때 허풍도 심하다고 했더랬는데, 이제 내가 똑같은
소리를 해야 할 판이다.

혹 길바닥에 내려 두고 가는 것은 없나 하여 시간을
꼭꼭 가슴에 여미고 다녔는데도 그 20년의 시간은 어디

갔는지 흔적 하나 없고, 잘 여미었다는 가슴에는 바람 한 줄기만 남았다.

그렇게 여미고 살 일이 아니었는데, 괜히 조바심만 키우며 살았나 보다.

세월 따라 이렇게 다 가고 없는데, 너는 꼭 남았다.

그 수많은 걱정과 근심, 꼭 내 삶을 송두리째 흔들 것 같던 일들도, 그렇게 왔다가 가버렸는데.

그 번잡한 오고감 속에 너만 서 있다.

네 생일이라고 또 생각해보니 네가 나에게 오는 데 꼭 20년이 걸렸고, 내 옆에 꼭 20년 동안 서 있었나 보다.

앞으로 20년 더 가까이 가면 무얼 보게 될지, 또 수억만의 것들이 오고 우리는 화내고 슬퍼하고 기뻐하고 행복해하며 또 다른 수억만 것들을 맞이하여 이미 다 와 있는 수억만의 것들을 보내겠지.

그리고 이 수억만의 변화 속에 네가 지난 20년처럼 그대로 내 곁에 서 있을 테지.

무얼 더 바랄까.

그래서 네 생일이 되면 고맙다.

나를 위해서 그리고 너에게 축하한다.

사랑한다.

엄마

나는 1년에 한 번씩 돌아오는 내 생일날을 참 열심히 기다렸다. 남편으로부터 생일카드를 받을 수 있기 때문이었다. 작고 반짝이는 선물도 함께 주면 금상첨화인데, 그럴 위인이 아니라는 건 진작에 알아서 포기했었다. 하지만 카드에 빽빽이 담아 주는 작고 반짝이는 글씨만큼은 절대 포기할 수 없었다.

국물 우동 대신에 볶음 우동을 시켰어도, 아픈 저를 위해 찾은 유머가 재미없다고 한심하게 봤을 때도, 생일날 받는 그 카드 한 장이면 불끈 쥔 주먹을 내려놓게 만드는 마법이 있었다.

그런데 어느 날은 생일도 아닌데 나를 옆에 앉히더니 카드 열 배의 서류뭉치를 건네주었다. 자기는 회사 일도 너무 많고 복잡하니 이제 우리 집 통장을 네가 관리하는 게 좋겠다는 것 아닌가.

"혜숙아, 앞으로는 네가 관리하면서 집세도 내고, 공과금도 내고, 학비도 내고, 생활비도 하고 남으면 예쁜 옷도 많이 사 입어."

그렇게 강제로 곳간 열쇠를 넘겨받았다. 덕분에 좀 더 능동적으로 살림을 사는 계기가 되었다. 나는 답례로 카드 대신 봉투를 하나 남편 손에 쥐여주었다.

"여보, 이제부터 매달 당신에게 용돈을 줄 거야. 이 걸로 점심 먹고, 차비 하고, 책도 사고, 기부도 하고 남으면 오피스텔도 하나 사."

아빠

아이들은 쉼 없이 자라났다. 학교 가는 걸 좋아했다. 아내를 만난 것 말고는 학교가 내 삶에 뭘 기여했을까 하고 늘 의심하는 나로서는 아이들의 학교 사랑이 불가사의했다. 소소한 일들이야 많았지만, 아이들은 착하고 무탈했다. 아내와 나는 아이들 교육에 그다지 '열정적'이지 않았다. 가끔 우린 아이들을 위해 뭘 했는지를 따져보기도 하는데, 손에 딱히 잡히는 것이 없다. 여름 캠프를 잘 골라서 보냈다는 것이 아내가 자랑하는 최고의 업적인데, 나는 그런 것마저 생각나지 않는다.

제네바 호수 물처럼 고요하게 흘러가는 생활이었지만, 봄바람은 불고 괜스레 흔들리는 날들도 있다. 흔들림의 레퍼토리는 뻔했다. 나는 노래 18번을 부르는 것처럼 "우리, 한국에 갈까?" 물었다. 아내는 "그래" 하고 짧게 답했고, 아이들은 내 질문의 심오한 함의를 알지 못했다. 홀로 결정할 수 있는 일도 아니고, 우리 집 민주주의는 아직 '성숙'하지 못한 탓에, 나는 바짝 엎드려 바람이 지나가길 기다렸다.

한번은 바람이 세게 불었다. 한국에 갈 기회가 있을 듯했고, 아이들도 할 말은 해야 하는 청소년이 되었다. 가족 민주주의를 실험할 절호의 기회였다. 내가 다시 '질문 18번'을 했다. 아이들 반응은 의외로 긍정적이었다. "잘 되었네요, 아빠한테는 너무 좋은 일이네요" 이러는 것이 아닌가. 나는 순간 한국에 가는 줄 알았다. 그래서 되물었다. 그러면 우리 다 같이 한국에 갈까? 그때 아들은 0.1초 만에 답했다. "아뇨, 아빠 혼자 가야지요. 나는 여기가 좋아요." 아내와 나는 서로 바라보며 눈빛으로 물었다. 누가 아들을 저렇게 똑 부러지게 키웠을꼬.

나는 한국행을 포기했다. '질문 18번'도 그것이 마지막이었다.

엄마

몸은 밖에 있었지만 남편의 가슴 한 켠은 늘 한국에 있었다. 마음앓이를 심하게 하고 난 이후엔 더 그랬다. 반면 나는 **단순해서** 어디에서 살던 간에 가족과 함께 있으면 거기가 고향이었다. 복잡하게 생각하면 지치고 힘들기만 할 뿐 발붙이고 있는 곳에서 행복하면 그만이었다. 그래서 "한국으로 들어갈래?"라고 물어보면 당연히 좋다고 했고, "동남아로 발령받아서 살면 어때?" 물어봐도 무조건 오케이였다.

그런데 이건 우리만의 착각이었다. 아이들은 제네바를 떠나기 싫다고 했다. 기억이 시작되면서부터 쌓인 추억의 장소가 제네바고 여기가 고향이나 다름없다고 했다. 딸은 얌전하고 속으로 말을 하는 성격인 반면에 아들은 내가 한마디 하면 열마디로 받아치고 자기 주장이 확실했다. 이때는 둘이 합이 잘 맞아서 이구동성으로 반대를 외쳤다. 그래, 자식 이기는 부모가 어디 있겠나.

우야든동 여기서 한번 살아보자!

아빠

딸아이는 착하고 밝고 조용했다. 제 생각을 내세우기보다는 남들과 맞추어 어울렸다. 친구들이 한국 아이돌 노래의 가사 내용을 궁금해하자, 어느 날 갑자기 한글 사전을 들고 한글 공부를 시작했다. 딸은 케이팝 때문에 한글을 배웠고, 아들은 드라마와 코미디를 보면서 한글을 읽혔다. 덕분에 둘 다 사춘기를 지나면서 우리말이 유창해졌다.

딸이 미술 분야에 관심이 많고 대학도 그쪽으로 간다고 해서 우리는 그런가 보다 했다. 딸은 우리를 여기까지 데려온 바람이다. 뭐든지 지지하고 응원하려고 했다. 가끔은 내용은 모르고 '묻지 마 지지'를 하는 경우도 생겼다.

딸이 학교에서 작품 전시회를 한다고 해서 갔었다. 예쁜 경치, 꽃, 사람을 그렸을 것이라 지레 짐작했다. 그런데 가서 보니, 딸의 작품에는 피가 낭자하고 죽음의 그림자가 어른거렸다. 하얀 셔츠 위에 빨간 피를 날카롭게 뿌렸다. 딸 앞에서 내색은 못 했지만, 깜짝 놀랐다. 한국에서 증조외할머니 돌아가시는 걸 보고 나서 그렸다고 했다. 그제서야 생각났다. 딸아이가 어려서 제네바 분수를 그리라고 했더니 물줄기를 시뻘겋게 색칠했었고, 나는 그 그림을 아주 좋아했었다. 나도 분수가 피를 토한다고 생각한 적이 있었다. 밑으로 흘러야 할 물을 억지로 하늘로 쏟아 올리니, 어찌 분통이 터지지 않겠는가.

아이들이 늘 우리 옆에 있다고 해서 잘 아는 것은 아니다. 가까이 있어서 오히려 보이지 않는 것, 아주 많다.

다시, 아빠

부모가 서운할 것을 염려했는지, 아들은 대학 간다고 집을 떠나기 전 몇 달 동안 '미운 오리' 짓을 했다. "제발 빨리 가라." 아내는 하루가 멀다 하고 이 말을 내뱉었다. 가기 전날, 수완 좋은 아들은 우리 부부에게 선물을 안기고, 편지 한 장도 남겼다. 부모에게 따박따박 따질 때는 얄미울 만큼 우리말을 잘 구사하지만, 쓰는 실력은 변변치 않다. 그런 안타까운 필력으로 굳이 한글로 적었다.

"기쁜 어린 시절을 주셔서 감사합니다."

이 문장 앞에 아주 오랫동안 어쩔 줄 몰라 했다. "기쁜 어린 시절"이라는 말은 책이나 영화에만 나오는 줄 알았다. 심지어 배창호 감독이 옛적에 만든 〈기쁜 우리 젊은 날〉에 그려진 젊은 시절도 그다지 기쁘진 않았다. 고마웠다. 그리고 우리의 어린 시절을 돌이켜보았다. "기쁨"이라는 단순한 잣대로 그 시절을 돌이켜본 적이 없다. 콘크리트 학교 건물 사이로 드문드문 보였던 키 큰 나무만 떠오른다. 우리는 그 시절에 기뻤을까?

아이들은 우리를 그렇게 몇 번 놀라게 하고 대학으로 떠났다.

혜숙

학교 공부보다 케이팝 가수 '덕질'로 학창시절을 보낸 딸은 결국 취미가 직업이 되어 한국의 연예기획사에 취직을 해서 떠났다. 좀 더 현실적인 아들은 '실용적인' 전공을 택해 대학에 갔다. 그리고 나는 빈 둥지 증후군과 갱년기 극복을 위해 에마우스Emmaus라는 빈민 구호 공동체에서 주 1회 그릇 정리와 청소를 하는 자원봉사를 시작했다. 보람된 일도 하면서 좋아하는 예쁜 중고 그릇을 헐값에 가져오는 재미가 쏠쏠했다. 입던 속옷 빼고는 없는 게 없는 만물상인데 남편과 나의 '최애' 쇼핑몰이다. 우리 집의 귀한 그릇들과 그림들은 모두 그 고물상 출신이다. 거기서 골라오는 물건들은 대부분 잘 보관했다가 연말 바자회에 기부하기도 한다. 물론 이런 시끌벅적한 '베품'은 오로지 또 다른 쇼핑을 위함이라는 것을 남편은 알고도 모른 척해주었다.

아이들도 자기 자리를 찾아 떠나고 남편도 회사에서 자리를 잡았고 내 몸도 마음도 편해졌는데 뭔가 허전한 구석이 느껴졌다. 그렇다. 우리 부부가 오십 중반이 되도록 아직 내 집이 없었던 것이다. 월세 살던 동네 주변 친구들이 하나둘씩 집을 사서 떠나던 때이기도 했다. 결혼한 지 27년이나 되어가는데 벌어도 벌어도 내 통장은 왜 항상 '텅장'인가 하는 생각이 갱년기 전조 증상과 함께 왔다. 이게 곧 싸맨다고 해결되는 게 아니라 돈이 있어야 해결이 나는 문제인지라 그동안 잊고 살아왔었다.

그런데 몇 해 전 봄에 서울에 집값이 오른다며 너도 나도 전세 끼고 '갭투자'인지 뭔지를 할 때가 있었다. 너 같은 성격으로는 저축해서 돈 모으기는 글렀고 무조건 대출을 받아서 일단 뭐라도 사놓고 성실히 갚는 방향으로 하라고 친구가 조언을 했었다. 그때 또 팔랑귀를 흔들어대며 남편에게 진지하게 의논했었다. "나중에 은퇴할 때를 대비해 서울 근교에 전세 끼고 대출받아 작은 아파트라도 하나 사놓을까?" 했더니 "혜숙아, 이 아수라 같은 집값 파동 와중에 우리까지 숟가락을 올려야 되겠니?"라는 것이 아닌가. 그 한마디에 나는 그 계획을 또 접었다. "에라이, 하여간 지만 잘났지"라고 속으로 투덜댔다.

계획을 포기하긴 했지만 이번엔 쉽게 마음이 진정되지 않았다. 괜히 억울하고 분해서 옆에서 조금만 건드리면 확 삐뚤어지는, 가정 내 불만 세력이 되어갔다. 이를 눈치챈 남편이 당근으로 꺼낸 것이 바로 "혹시 모르니 이 동네에서 집이 나온 게 있으면 구경이라도 한 번

다녀보라"였다.

그렇게 해서 1년이 넘도록 39군데의 집을 둘러보
았다.

다시, 혜숙

집을 사기로 마음은 먹었지만 가장 큰 걸림돌은 '눈은 높은데 돈이 없다'는 것이었다. 아무리 궁리를 해도 방법이 없어서 스위스에서 집을 사는 것은 포기했다. 너무 비쌌다. 차선으로 택한 것이 스위스 국경을 넘어 상대적으로 저렴한 프랑스로 가는 방법이었다.

39번째 집이 유독 마음에 들었다. 이제까지 본 집 중에 도시에서 제일 멀고 내 취향과는 절대적으로 거리가 먼 산 아래 있는 집이었지만, 따스하게 집 안 깊숙이 들이치는 햇살이 좋았다. 겨울에도 밝고 따뜻했던 그 집이 내 마음속에 차고앉았다. 그 집을 처음 보러 간 날, 마당에 돋은 독버섯들도 왠지 내 손으로 뽑아줘야 될 것 같았다. 우리 집이 되려고 그랬나 보다.

계약을 하려면 은행에서 대출을 받아야 했다. 남편은 그 당시 회사 일로 미친 듯이 바빴기 때문에, 대출 상담은 이자 계산도 제대로 못 하고 금융 지식 제로인 내 몫이 되고 말았다. 설상가상으로 은행 직원은 영어를 거의 못 하고, 나는 불어를 거의 못 했다. 우리는 기가 막힌 콤비였다.

상담하러 가기 며칠 전부터 스트레스였다. 물어보라고 하는 걸 잘 적었다가 어찌어찌 답을 받아 적어와서 알려주면 "그게 아닐 텐데", "네가 잘못 알아온 것 같아"
라고 툭 던지듯 말하는 남편이 너무 얄미웠다. 심지어
내가 "은행에서 분명히 이렇다고 했어"라고 말하면 남
편은 "너는 왜 내 편을 안 들고 은행 편을 드는 거야" 하
고 억울해했다. 10년 주기로 주먹을 날리고 싶은 순간
이 찾아오는데, 그때가 바로 그때였다.

하지만 남편은 내가 10여 년 전 곳간 열쇠 넘겨받
을 때 용돈을 주면서 "아껴서 남으면 오피스텔도 사라"
고 했던 농담을 진짜로 기억했다. 그동안 차곡차곡 모은
용돈을 모두 집 사는 데 보탰다. 그 성의에 감동을 받아
이번에도 '주먹' 위기를 넘길 수 있었다. 아니, 사랑하지
않을 수 없었다. 우여곡절 끝에 대출에 성공하고 드디어
우리도 집을 샀다.

결혼 28년 만에 마련한 첫 집이었다.

상현

제네바에 도착한 첫날, 여긴 호수 물결도 고급지구나 했었다. 이젠 그 물결 밑의 거친 몸짓과 짙은 그림자도 보인다. 어느덧 제네바에 온 지 20년이 지났다. 다시 우리에게 바람이 불었다. 정확히 말하자면, 이번에는 우리가 바람을 부추겼다.

한국에 가는 것을 보류하고 아이들은 집을 떠났다. 아내와 나는 어디로든 옮겨가고 싶었다. 떠도는 삶에 불평도 많았지만, 그 불평에 시간의 이끼가 쌓이면 몸속에 피처럼 떠돌게 된다. 월세의 생활에 종지부를 찍고 보금자리를 마련해보자고 의기투합했다.

뜻은 가상했지만, 현실은 우리의 뜻을 간단히 비웃었다. 집 가격이 우리 손끝에 만져지지 않을 정도로 이미 멀리 달아나 있었다. 은행이 우리를 어떻게 도와줄 방법이 없을 정도였다. 우린 깜짝 놀라는 척했다. 아내도 나도 이미 짐작했던 일이다. '혹시나' 해서 일을 도모해보았고, 결과는 '역시나'였다. 놀라움을 과장하면서 서로서로 위로했다.

결국 제네바를 떠나 국경 너머 프랑스의 조그만 도시 마을로 이동하기로 했다. 시티걸을 자부했던 아내로서는 큰 결심이었다. 아파트를 버리고 주택으로, 그것도 산 밑으로 집을 알아보기로 했다. 아내는 "그래도 내 집"이라고 스스로를 다독였을 것이다. 마침, 아내가 마음에 드는 집을 발견했다. 나는 그때 먼 곳에 출장 중이었다. 아내가 사진 서너 장을 보내주었다. 그걸 보고 나는 "그래, 이 집으로 하자"고 했다.

1년에 가까운 시간을 애태우며 찾았는데, 결정은 순식간이었다.

혜숙

제네바에서 20년을 산 아파트 열쇠를 부동산 직원
에게 넘기는데 눈물이 났다. 집주인에게 이 말을 전해달
라고 했다. 덕분에 잘 살다가 간다고. 우리 가족에게 행
복한 일이 많았던 고마운 집이었다고. 물론 남편이 1년
가까이 아팠고, 도둑이 두 번이나 들어서 집안 살림을
홀랑 뒤집어 쑥대밭을 만들고 몇천 프랑을 들여 문짝까
지 교환했다는 말은 생략했다. 끝이 좋으면 다 좋은 거
니까.

이렇게 그와 내 인생의 한 챕터에 또 다른 마침표를
찍었다.

상헌

얼마 후 제네바를 떠났다. 짧은 여정을 계획하고 와서 삶의 큰 둥치를 남긴 곳이었다. 옛 아파트를 찬찬히 둘러보았다. 벽에 아이들이 남긴 흔적, 키를 재어 기록했던 나무 기둥, 좁고 어두웠던 부엌, 전등갓에 서캐처럼 앉은 먼지, 그림 하나는 있어야 한다면서 벽에 어지럽게 박은 못들 그리고 발코니에 살뜰하게 모여들던 햇살. 우린 잠시 흔들렸다.

그래, 좋은 시절이었다.

나가며

집에 왔다. 돌아보며 꽤 걸어왔다. 우리는 서둘러 커피 한 잔을 마시며 다시 바깥을 내다본다.

집은 단아하다. 크지 않은 뜰에 푸른 잡초와 잔디가 엉기어 있고, 주변으로 나무와 꽃들이 엉성하게 둘러섰다. 허술한 집주인을 닮았다. 뜰 너머로는 멀리 희미하게 흰색 산이 보인다. 도드라진 것이 없는 뜰에는 명징하게 빛나는 산보다 구름과 같이 옅어지는 산이 더 어울린다.

풀 속에 숨은 벌레와 지렁이를 찾아 블랙버드가 날아든다. 온통 검은데, 부리는 진한 오렌지 빛깔이다. 비틀즈는 〈블랙버드Blackbird〉에서 "캄캄한 검은 밤의 빛 속으로 날아라"고 노래한 적 있다. 그 뜻을 이제야 알겠다. 블랙버드는 자신의 빛나는 부리로 검은 제 몸속으로 날아들고 있다. 날아간다는 것은 제 몸을 관통하는 일이다. 살아가는 일도 다르지 않다. 나의 부리로 나를 뚫고 바라보는 일은 어렵고 불편하다. 누군가와 같이 산다는 것은 그 누군가 나의 부리가 되어주는 일이다. 내가 너의 부리가 되는 일이다.

강아지 한 마리를 입양했다. 보스니아에서 버려진 강아지를 이곳으로 데려왔다. 우리도 강아지도 이곳에서 낯설다. 낯선 곳에서 잘 살려면 운이 따라야 한다. 우리가 그랬다. 그래서 강아지 이름도 '운이'라고 했다. 운이는 뜰에서 혼자 뛰고 짖는다. 정신없이 짖어대면 우리는 정신없이 말린다. 소리도 지르고 달래본다. 그래도 문득 그 부르짖음이 부럽다. 살면서 한 번씩은 저렇게 거침없이 짖어대야 한다. 그렇게 못 하는 우리는 이렇게 적어둘 뿐이다. 짖는 것은 밖으로 내는 소리고, 적는 것은 안으로 내는 소리다.

　우리는 열한 살에 만났다. 다시 우연히 만나서 바닷가를 거닐었다. 그리고 30여 년 전 오늘, 우리는 결혼했다. 이제 바다는 없고 산이 둘러싼 곳에서 여전히 같이 바라보며 걷는다. 예전처럼 꼭 붙어 나란히 걷지 않는다. 물줄기가 떨어져 강고한 바위에 틈을 만들어내듯이, 시간은 흘러서 우리 둘 사이에 틈을 만들었다. 앞서거니 뒤서거니 한다. 늦게 온다고 타박하고, 혼자 앞서간다고 불평한다. 꼭 잡고 있지 않아도, 꼭 옆에 있지 않아도, 우린 같이 있다는 걸 안다. 물구멍의 흔적으로 아늑해진 바위처럼.

　또 함박눈이 쏟아진다. 우린 다시 나간다. 늘 그랬듯이 아무런 흔적이 없는 곳을 걸어간다. 새로 발자국을 내며 눈길을 만든다. 어디로 향할지, 언제 끝날지도 모

르는 길이다. 가다 보면 길이 되는 것이니, 어디에 길이
있는지 묻지 않는다.

그래도 바라본다. 이렇게 걷다 보면 언젠가 저곳으
로 돌아갈 수 있기를. 열한 살, 우리가 처음 만났던 곳으
로. 거기서 우리 삶이 저물어도 좋겠다.

글을 마치며

우리는 우연한 기회에 글을 쓰기 시작했다. 결혼한 지 30년이 되어가면서 회고의 시간이 잦아졌다. 추억의 주머니에서 같은 구슬을 끄집어내며 서로 맞장구를 치기도 했지만, 기억이 갈라지기도 했다. 더러 다르게 기억하기도 했고, 어느 한쪽은 끝내 기억해내지 못하는 순간도 있었다. 시간의 풍화작용을 어찌 피할 것인가. 그래서 서로 어떻게 기억하는지를 기록해두자고 각자의 컴퓨터 앞에 앉았다.

그때의 감정은 정확히 기억하는데 그 감정을 가꾸었던 텃밭에 대한 기억은 모호했던 경우가 많았다. 그때 아팠고 좋았던 것은 지금도 아프고 좋은데, 왜 그랬는지는 모호한 안개처럼 남았다. 강물이 흐르는 소리는 들리는데, 강물의 입김이 뿜어 올린 물안개 때문에 강물이 보이지 않았다.

때마침, 젊은 시절 나누었던 편지를 모아둔 뭉치가 한국에 있었다. 부모님께 보내달라고 부탁했다. 소포 박스에서 편지가 뭉텅이로 쏟아졌다. 검은색의 큼직한 선 위로 진한 잉크자국이 흔들리던 하얀 편지지, 끝이 뭉그러진 누른빛 엽서, 200자를 넘겨 적은 빽빽한 원고지, 급하게 찢어낸 대학노트 그리고 독재 타도를 외치는 전

단지 뒷면에 꾹꾹 눌러 적은 마음들. 화들짝 놀라서 차마 뒤적여보질 못했다. 며칠 후, 부유하던 마음이 강바닥에 가라앉고 나서, 우리는 편지 몇 조각을 꺼내 읽었다. 그때 그날이 돌아왔다.

억지로 기억하려 하지 않았다. 먼저 떠오르는 기억만 기록했다. 누구도 기억하지 못하고 낡은 수첩을 뒤적거려야 알게 되는 일은 적지 않았다. 우리는 이 책을 '연대기'가 아니라 '가슴에 새겨진 감정의 기록'으로 만들고 싶었다. 마음으로 기억하는 것만 적고 싶었다. 제법 오랜 시간을 같이 살다 보니, 우리의 삶에 머리의 기억이란 낡은 일간지 1면 같다. 우연히 보게 되어도, 마음의 미세한 떨림은 없다.

마음의 기억이다 보니 정확하지 않거나 틀릴 수도 있다. 우리 두 사람이 투합해서 기억한 "그땐 그랬어"다. 무의식중에 우리 둘이 공모해서, 사실이 아닌 사실을 기억으로 둔갑시켰을 수도 있다. 그 책임은 온전히 우리에게 있다. 그래서 몇몇을 제외하고는 실명을 밝히지 않았다. 고마운 마음에 밝히고 싶었으나, 혹시나 하는 걱정에 밝히지 않기로 했다.

돌이켜보면, 아련하다. 또 아득하다. 흔들리고 아픈 적도 많았지만, 삶을 통째로 집어삼킬 정도는 아니었다.

우리 또래의 다른 이들이 살아왔던 여정에 비추어 보면, 우린 예외적으로 운이 좋았다.

사실, 운이 좋았다는 말도 틀렸다. 글을 쓰면서 알았다. 운 좋은 삶이란 손 내밀어 도와준 사람이 수없이 많았다는 뜻이다. 우리의 기억이 흐려지면서 우리는 주위의 도움을 제 것인 양 믿게 되고, 겸손하게 '운이 좋았다'고 말할 뿐이다. 허망하고 팍팍한 세상에 홀로 운이 좋을 수는 없는 것이다. 이걸 늦게나마 알게 된 것이 우리가 이 책을 쓴 보람이다.

무엇보다도 아이들의 도움이 컸다. 우리가 아이들을 키운 줄 알았는데, 아이들이 우리를 키웠다. 우리가 당황할 때 아이들은 담담했다. 우리가 방심하여 무관심할 때, 아이들은 제 길을 찾아갔다. 이 책의 초고가 완성되었을 때, 두 아이 승은이와 재원이에게 제일 먼저 보여줬다. 아이들은 순식간에 읽었다. 아픈 기억을 소환하는 부분도 적지 않은데, 아이들이 좋아하고 응원했다. 덕분에 책으로 내게 되었다. 아이들과 만나면 여전히 티격태격한다. 우리가 아이들을 사랑하는 촌스럽고 유치한 방식이다.

우리가 함께한 여정의 출발점인 부모님께는 늘 고맙고 죄송하다. 바깥을 떠도는 자식들에 대한 아쉽고 섭

섭한 마음이 크고도 깊었을 텐데, 양쪽 부모님들은 내색한 번 하지 않으셨다. 나갈 때도 선뜻 그러라고 하셨고, 바깥 생활이 길어질 때도 힘을 보태주셨고, 그 생활이 영영 길어질 것 같았을 때는 "니네들 사주를 보면 무조건 바깥에 있어야 하니, 돌아올 생각은 말라"고 하셨다. 자식 편하라고 하는 말 뒤로 펼쳐진 마음의 언덕이 어떠했을지를 그저 짐작만 할 뿐이다.

주위에서 도움도 많았다. 앞서 말한 사정 때문에, 이름을 일일이 적지 못해 아쉽다. 그래도 김수행 선생님의 이름은 다시 한번 적어둔다. 큰 은혜와 빚을 졌다. 선생님이 아니었으면, 우리의 바깥 여정의 기록은 없었을 것이다. 당신이 가장 어려우실 때, 우리에게 바깥으로 가는 다리를 만들어주셨다. 지금은 이 세상에 계시지 않지만, 선생님은 우리 부부의 삶에 커다란 빛줄기를 남겨주셨다. 김수행, 늘 그리운 이름이다.

막상 글을 쓰고 보니, 덜컥 겁이 났다. 살아온 얘기를 적었으니 다른 삶의 궤적과 겹치는 순간이 많았고, 이걸 제대로 기억하고 적었는지가 가장 큰 걱정이었다. 우리는 좋았지만, 주위에 있던 분들은 달리 생각했거나 불편했었던 일도 있지 않았을까. 그래서 염치 불고하고, 여러분들과 원고를 나누었고 많은 분이 꼼꼼하게 읽고 논평해주셨다. 공혜민, 권순지, 김지아, 변지원, 안희경, 양우진, 윤정준, 이경아, 이명희, 이유리, 이종실, 장정아, 장혜진, 차정인, 최우성, 홍명표, 황예랑, 홍지순 그리고 파랑새 모임 친구들을 비롯한 모든 분께 고마움을 전한다. 다들 글의 '상품성'을 높이기 위한 반짝거리는 조언을 많이 주셨는데, 우리 부부가 따르질 못했다. 둘 다 어색한 것을 싫어하는 못난 성정 때문이니, 너른 이해를 구한다.

이 글을 책으로 낼 수 있게 된 것은 오롯이 김병준 대표 덕분이다. '진지한' 책을 쓰겠다는 약속은 버리고 우리 부부가 한없이 가벼운 원고를 내밀었을 때, 김 대표는 흔쾌히 출판에 응해주었다. 그런 여린 마음을 가진 사람이 대표로 있는 출판사의 경제적 미래가 잠시 걱정될 정도였다. 정혜지 과장은 어설픈 원고를 제법 그럴듯한 책으로 만들어주었다. 우리 부부의 마음과 생각의 길을 같이 따라가면서 글을 꼼꼼하고 세심하게 챙겨주었다. 이 책이 그래도 읽을 만하다면, 정 과장의 놀라운 편집 덕분이다. 두 분 모두 고맙다.

이렇게 길게 쓰고도, 우리는 아직 같이 살아가는 일에 자신 없고 어리숙하다. 시간이 더 지나면 나아질 것

이라고 믿지도 않는다. 불완전한 것은 그런 것대로 보듬
어가며 지내려고 한다. 그러려면, 우리는 아마도 서로의
어깨가 더 필요할지도 모르겠다.

우린 열한 살에 만났다

1판 1쇄 펴냄 | 2022년 5월 23일

지은이   옥혜숙·이상헌
발행인   김병준
편집   정혜지
디자인   박연미·최초아
표지 일러스트   가애
마케팅   정현우·차현지
발행처   생각의힘

등록   2011. 10. 27. 제406-2011-000127호
주소   서울시 마포구 독막로6길 11, 우대빌딩 2, 3층
전화   02-6925-4183(편집), 02-6925-4188(영업)
팩스   02-6925-4182
전자우편   tpbook1@tpbook.co.kr
홈페이지   www.tpbook.co.kr

ISBN   979-11-90955-60-7 03810